OS ANIMAIS DOMÉSTICOS
E OUTRAS RECEITAS

OS ANIMAIS

DOMÉSTICOS
e outras receitas

Luana Chnaiderman

Coleção Arranha-Céu
Dirigida por Luana Chnaiderman

Edição de texto Marcio Honorio de Godoy
Revisão Elen Durando
Capa e projeto gráfico Sergio Kon
Produção textual Luiz Henrique Soares e Elen Durando
Produção Ricardo W. Neves, Sergio Kon, Lia N. Marques

CIP-Brasil. Catalogação na Publicação
Sindicato Nacional dos Editores de Livros, RJ

C471a
    Chnaiderman, Luana
    Os animais domésticos e outras receitas / Luana Chnaiderman. - 1. ed. - São Paulo : Perspectiva, 2018.
    144 p. ; 19 cm. (Arranha-céu ; 1)

    ISBN 9788527311205
    1. Ficção brasileira. I. Título. II. Série.

18-47553   CDD: 869.93
                         CDU: 821.134.3(81)-3

02/02/2018   02/02/2018

1ª edição
Direitos reservados à
EDITORA PERSPECTIVA LTDA.
Av. Brigadeiro Luís Antônio, 3025
01401-000 São Paulo SP Brasil
Telefax: (11) 3885-8388
www.editoraperspectiva.com.br
2018

Entre o mar, o céu e o chão
fala sem ser escutado
a peixes, homens e aves,
bocas e bicos, com chaves
e ele sem chaves na mão.

JORGE DE LIMA,
A *Invenção de Orfeu*

MENU

PAELLA 12

Do Mar

1	Os Animais domésticos	17
2	Quando os Mares se Abriram	27
3	Piscina	29
4	Horário da Ginástica	35
5	Pensar em Dizer Adeus	37
6	Desmanche	41
7	Ceviche	43
8	Caju Com Cachaçca	45
9	Penne Com Tomates	49
10	Olívia	51

Da Terra

1	Ornitorrinco	65
2	Pudim de Berinjela	69
3	Três Riscos	71
4	A Loira e o Coelho	75
5	Alcachofras	79
6	O Homem Mais Forte do Mundo	81
7	Anúncio	83
8	Samantha	85

Do Ar

1. Às Vezes, o Tempo — 95
2. Ovo Frito — 97
3. Espuma — 99
4. Vento — 101
5. Guacamole — 105
6. Nuvem — 107
7. Oceania — 109
8. Outra Receita — 125
9. O Almoço de Dorothea — 127

PAELLA

Para que não se dissolva no caldo, o peixe deve ser de carne branca e firme, fresco, os olhos vivos em gelatina, sem marcas de sangue ou tempo. Um peixe que conte das coisas do mar, guelras de brilho e escamas de prata.

Camarões de sete barbas. Guarda as cabeças.

Frango, a carne sobre o fêmur, a carne escura da ave. Um frango feliz, orgânico sob o sol. Desossa.

Porco. Pedaços. Tira os ossos, a pele, o pelo. Um quilo. Corta em cubos.

Polvo. Um polvo gigante, tentacular. O maior polvo que houver.

Dorothea tem vontade de vestir o polvo sobre a cabeça como se fosse um chapéu, vontade de namorar o polvo. Os tentáculos cordas nunca mais a deixariam e ela casaria com o polvo e moraria no fundo do mar. Dois quilos. Compra.

Lulas argentinas, rodelas. Pede para separar e guardar a tinta das lulas. As lulas são como beijos. Guarda.

Pimentões vermelhos. Três. Que estourem de brilho. Leva.

E mexilhões. Se as conchas não abrirem: veneno. Já era. Ensinamento da mãe.

Para o caldo: salsão, cebola, cenoura e as cabeças. Pistilos da flor do açafrão embrulhados em papel de seda. Preço de ouro, mais caro que o ouro (quanto pesa uma corrente, um anel, um brinco?), um pistilo de flor tem quase o peso do ar.

Cebola, alho, sal e linguiça portuguesa. Azeite.

Doura a cebola, o alho, acrescenta o porco, o frango até tostar no azeite quente.

Derrama o arroz, salpica açafrão, rega com o caldo do peixe. Separa as lulas, namora o polvo.

Os camarões por último. Os pimentões em rasgo vermelho sobre o arroz. Os moluscos, animais de corpo mole.

Onde andará a mãe?

Abre o vinho, sente os vapores do mar da terra do céu.

Serve.

Os mexilhões permanecem fechados em suas cascas. Experimenta o arroz, cada uma das carnes. Bebe o vinho. Deixa os mariscos por último. Abre-lhes a concha com faca.

Come todos,
um a um.

DO MAR

> Os siris comem olhos de cadáveres irreconhecíveis
> homens que comem siris cada vez mais têm escamas
> [nos olhos
> e veem menos o mar e veem menos o mar.
>
> JORGE DE LIMA, "Onde Está o Mar?"

OS ANIMAIS DOMÉSTICOS[1]

Os ossos de Eduardo pareciam manteiga prestes a dissolver no pão quente; biscoitos de araruta fumaça ao sopro. Ninguém nunca sentiu as mãos fortes de Eduardo, pegada firme, os dedos crispados em tato seguro. As falanges escorregadias percorrem os objetos quase sem tocá-los, mas é também um talento. Embora não saiba segurar mulheres, Eduardo é mestre empalhador de animais.

Quando empalhou Richard, o dog alemão da dona Alzira, demorou quase seis meses. A cabeça ficou para sempre inclinada em gesto de súplica, e os olhos.

Os olhos do bicho empalhado são a parte mais difícil. O olho do bicho empalhado deve ser um olho próprio. O mais vivo possível. E deve ter foco. Para onde olhará o bicho pelo resto de sua existência morta?

Eduardo usou bolas de gude, após meses de indecisão.

Com a maritaca de Jezebel foi mais fácil. Jezebel sabia exatamente o que queria: as asas em riste, a maritaca no céu celeste em plano de voo e liberdade. Jezebel falava quero a maritaca no céu celeste, em pleno voo de liberdade. Ficou bom, o impulso congelado.

---

[1] Texto construído a partir do artigo de António Moitinho Rodrigues, "A Migração dos Salmões: Texto de Apoio, Piscicultura", Escola Superior Agrária. Instituto Politécnico de Castelo Branco, Castelo Branco, 2002.

Os animais domésticos miram a porta, o biscoito, o osso falso. Tigres e onças miram a presa. Eduardo lamenta muito não ter tigres e onças para empalhar. Animais da savana olham para quem os olha, enxergam o horizonte africano. Eduardo sonha com o dia em que lhe tragam um elefante, um rinoceronte, uma girafa inteira, um lince horizontino.

Dona Alzira não se decidia entre a janela, o tapete, a cama. Fixou na tevê os olhos para sempre à espera da novela. Agradeceu emocionada, colocou o dog no sofá.

Eduardo lustra e escova os pelos de seus bichos. Coleciona atlas de anatomia das espécies mamíferas viventes, é dono da maior coleção da América Latina de vídeos da natureza. *A Zebra e o Leão. O Leopardo Rosa. As Dez Melhores Batalhas Selvagens. O Ataque da Cobra Naja. Jacarés no Exílio. A Rota dos Pinguins. Os Hipopótamos da Cocaína. A Inteligência da Orca. O Voo da Águia, o Rastro da Serpente. A Lei da Natureza. As Maiores Lutas da África Meridional. A Raposa do Cerrado Branco.*

Eduardo faz da observação desses bichos tarefa diária. Gosta de eternizar os animais em meio à ação, no auge do pulo que nunca aterrissa, a cabeça inclinada que não se curva, o olhar pedinte que não cede, a intenção nunca finda. É como se Eduardo empalhasse o próprio tempo, em preciosíssimo instante de asas de borboleta.

O salto da pantera na savana, o rugido do leão na floresta, as asas helicóptero do beija-flor. Gosta especialmente das cenas de caça em câmera lenta, o dente da onça no pescoço da zebra, a garra do leão no dorso do alce. Destrincha os músculos, os ossos, a pele. O mais difícil é a expressão, a alma do bicho em palha, mariposa capturada no milímetro do voo.

É impossível para Eduardo arrumar uma namorada. Primeiro por causa daquelas mãos de araruta. Depois porque todas acham assustadora a profissão. Especialmente as muito magras, as que Eduardo mais ama. Sonha em sentir os ossos, a pele, os pelos; sonha com uma mulher tenista, esculpi-la em dedos leves, palha e areia firme, a raquete, o instante antes da bola. Uma vez levou uma ginasta pra casa. Ela desmaiou ao ver os animais em ação paralisada.

Dona Clarice queria que o Estopa, golden retriever caramelo, ficasse para sempre dormindo. Se for para o cão continuar morto, que o enterre de vez, respondeu Eduardo. Qual a graça de um cão dormente? O que fascina Eduardo é o segundo antes do pulo, os dedos crispados, as patas em arco preciso, cada falange uma aposta. O instante antes do céu.

Vá procurar outro empalhador. Que goste de almofadas.

Os bichos do Eduardo não dormem nunca.

Entre líquido e formol, ossos e entranhas, Eduardo esculpia a vida em pele e palha. Lamentava um pouco a solidão, mas por nada abandonaria seus amigos silenciosos.

Um dia, entretanto, Eduardo apaixonou-se por um peixe.

Sebastiana chegou e parecia uma princesa. A senhora pratica esportes? Sebastiana olhou Eduardo, que decorou toda a movimentação. Um ligeiro balançar de cabeça, a mão direita em direção às hastes dos óculos escuros, o queixo reclinado, o pescoço longo. Óculos escuros gigantes, caramelo. Eduardo reconheceu nos aros dos óculos a carapaça do jabuti tinga, quelônio terrestre de patas elefantinas. Eduardo admirou o trabalho, enquanto mergulhava nos olhos verdes de Sebastiana. Dona Sebastiana, ela corrigiu.

Os cílios lambuzados de rímel preto, espesso, usou esse na cocker de dona Hemengarda, tinha cílios longos, a Mel, quase tão longos como os de Sebastiana.

Pratico esporte. Pesca submarina.

Cabelo loiro, escovado à antiga, os cachos sobre os ombros, nariz.

Pesquei um salmão de sessenta quilos. Quero-o em cima da lareira. E retirou da bolsa de couro um inacreditável peixe gigante, as escamas em brilho.

Peixes não têm pele. Pelos. Ossos. Peixes têm músculos invisíveis. E peixes não se preparam um segundo antes do pulo mortal. Escorregam pela água e seguem em frente.

Para onde olham os peixes? – Eduardo pergunta-se à noite, insone, o monstro no freezer. Peixes são um pouco estúpidos.

Pensava assim até o dia em que Sebastiana bateu em sua porta e deixou na casa aquele extraordinário exemplar de salmão selvagem, capturado por suas mãos ágeis e firmes nas águas geladas do Pacífico Sul.

Eduardo cancelou outros trabalhos. O perfume de Sebastiana ficou na casa.

O primeiro desafio foram as escamas. Como mimetizar o brilho prateado, pequenas lâminas de natureza óssea, ornamento óxido, maleável armadura? Qual vidro, qual metal, qual líquido precioso acaricia as escamas do salmão, sem transformá-las em plástico, vidro, durepoxi?

O segundo desafio foi o estudo e compreensão dos saltos do salmão selvagem. Depois, a reprodução em nanquim das pintas negras sobre a escama prata.

Saiu de casa aflito, procurou o brilho das lantejoulas, comparou tecidos, consultou ferreiros, visitou barracões de escola de samba. Estudou livros de anatomia e frequentou restaurantes de pescados, o peixe-espada sobre a porta.

Transpirava, nervoso.

Conheceu o salmão. Apropriou-se da forma, compreendeu o peso, decorou a anatomia.

A tenacidade do salmão. Aprendeu seus caminhos e esqueceu a pantera-negra. Assistiu ao documentário *A Desova do Salmão Selvagem nas Águas Geladas Correntes da Montanha do Alasca* cem vezes. E ali percebeu que sua vida havia mudado para sempre.

O salmão percorre quilômetros até chegar ao seu lugar de desova. O lugar de desova do salmão é o lugar onde ele nasceu. Não importa quão distante, quanto tempo leve, quão difícil seja a jornada. O salmão sempre retorna ao berço para a desova.

Nunca Eduardo havia reparado na melancolia do bicho empalhado. O cão atento, a pata erguida em pedido ensinado de carinho e amor.

Eduardo estudou os saltos do salmão nas águas geladas do Canadá e ficou emocionado. A última vez que havia se emocionado assim foi quando criança, na festa de aniversário, o dia em que ganhou uma iguana de presente da avó.

Um dia, levantou-se do sofá, desligou a tevê e virou em direção à parede cada um dos seus animais, companheiros de longa data, encomendas nunca retiradas, devolvidas, o porquinho da índia não cabe mais lá em casa. (Eduardo acolhe todas as suas criações abandonadas. Meu marido fala que não aguenta mais olhar para esse bicho. A empregada fica aflita, diz que atrai mau espírito. A verba do museu acabou. Parti pra outra, agora tenho a Mariquinha, mudei a decoração, ficou cafona. Você entende. A sala de Eduardo é um verdadeiro museu de história natural doméstica.)

Silencioso, pediu desculpas para a calopsita, acariciou a iguana dourada, conversou com a águia do cerrado, disse adeus ao poodle toy, afagou o schnauzer e o gatinho bengalês. Todos, agora, virados para a parede, castigo de escola primária, à espera do cemitério.

Nunca são quilômetros fáceis: para chegar ao local de nascimento, o salmão tem que nadar contra a corrente, montanha acima. Abandona o oceano e parte em direção ao interior da terra. Salta pedras, enfrenta corredeiras. Gira no céu e sobe degraus e degraus de rocha em meio à água gelada. Muitos não sobrevivem. Morrem tentando. Eduardo viu o documentário cem vezes, a desova do salmão é mais bonita que o salto da pantera.

Uma vez chegado à água doce, o salmão deixa de se alimentar e subsiste das reservas naturais acumuladas. Consegue nadar, frequentemente durante semanas, contra leitos de pouca água, lançando-se vigorosamente em grandes saltos, tentativas sucessivas até ultrapassar, quando consegue, as quedas de água que se lhe deparam.

Só a morte pode impedir esses belos peixes de linhas hidrodinâmicas de alcançarem seu objetivo. À espreita, ficam ainda os ursos, que à época da desova aproximam-se dos rios, prontos para o banquete de peixes exauridos. Ainda assim, o salmão completa a sua rota e atinge a maturidade sexual nas águas frígidas e pobres em alimentos do golfo do Alasca.

Um salmão gordo pode chegar a 65 quilos. Quase o peso do labrador Vicente, que Eduardo empalhou no pulo em direção à coleira, a alegria do passeio. O salmão salta até dois metros. Sem pernas, braços, molas. Quase a altura de Eduardo. Rio acima, numa incrível viagem de morte e renascimento. Todo o brilho acumulado na vida inteira de salmão reservado para esse fim: resguardar energias para a desova sem volta.

Impossível o empalhamento.

Sebastiana ficaria decepcionada.

Capaz de percorrer 90 quilômetros por dia, o salmão às vezes perfaz uma viagem de 3.200 quilômetros rio acima. O salmão que chega à zona de reprodução, enfraquecido e extenuado, só longinquamente se assemelha ao peixe gordo e lustroso que abandonou o oceano poucas semanas antes. O corpo cortado apresenta equimoses. As barbatanas estão rasgadas e laceradas e os olhos e as brânquias infestados de fungos e outros parasitas.

No extremo das suas forças, a fêmea abre uma cavidade pouco funda no areão do leito do rio. Nela, deposita os ovos que, depois de fecundados pelo macho, são cobertos pela areia.

Normalmente após a desova as formas adultas morrem. Os seus corpos cobrem o fundo de ribeirões e lagos e acumulam-se ao longo das margens, formando por vezes montes com dezenas de centímetros de altura. Tais montes atraem necrófagos, que chegam a atravessar quilômetros para o banquete.

Os peixes dilacerados fazem amor sem se tocar, depositam as ovas fecundadas no chão e morrem, exaustos da viagem, no lugar onde nasceram. Eduardo duvidou que existisse, no mundo, cemitério mais lindo.

O papagaio da dona Alzira em asas de voo, o schnauzer da Judith com as patas para cima, o gato do Paulo, sempre manhoso, oferecendo o pescoço para carinhos e até mais. Outros bichos vulgares, domésticos, confortáveis no sofá no passeio na cama, ração de bife francês. A tevê, os vídeos da natureza selvagem.
Eduardo chorou.
Começou a se exercitar. Alongamento, peso, músculo. Encheu a banheira de gelo e água. Entrou e sentiu o corpo dormente. No começo, tremeu inteiro, até que não tremeu mais. Comeu peixes e algas cozidos. Até que não cozinhou mais. Devorou peixes crus inteiros, a pele rosada, brilhante. Fez exercícios, treinou saltos vigorosos, os dedos calejados, falanges de alpinista.
Leiloou os vídeos da natureza. Um colecionador japonês comprou. Enviou as caixas pelo correio, entrega especial. Tem economias para um ano. A tevê de plasma gigante, deu para a empregada. A cama, para a Fundação Menino. Também as toalhas e os lençóis. A mesa e todos os objetos de taxidermia, doou para a escola técnica Dr. Eduardino de Campos Ferreira. Contratou uma firma que se encarregou do enterro de todos os empalhados, caixões anatômicos feitos sob medida. O poodle sentado sob a terra funda.
Ficou só com a banheira, começou a treinar apneia. Matriculou-se na escola Scooba Divers, fez ginástica olímpica.

A encomenda tinha ficado aquém do desejado, foi assim que ela disse:
Quanto é?

Nada.
Mudou aqui desde que eu vim.
É que eu vou viajar.
Para onde você vai?
Para o Canadá.
Quem sabe nos encontramos lá.
Eduardo estudou as rotas, o caminho, as correntes e o fluxo dos rios. Saiu de casa para a viagem sem volta. Foi para o Canadá. A pé. Atravessou corredeiras. Percorreu afluentes. Afastou o mar.
Os braços de Sebastiana davam força e alento.
Logo percorria o rio, junto a seus irmãos peixes. No começo foi difícil, estranharam, mas no primeiro salto conquistou o respeito de todos.
Subiram juntos. Corredeira acima, rumo ao berço, o local da desova.
Eduardo contou aos peixes histórias da terra, a pantera na savana, o camaleão do serrado. Os peixes contaram a Eduardo aventuras submarinas, a vida no oceano, o leviatã do mar. Até que pararam de contar. Estavam em número cada vez menor.
A energia pouca, semanas, dias, horas, muitos ficam pelo caminho. Giros mortais, triplos, quádruplos sobre as pedras, as águas geladas e os ursos. Eduardo foi quase pego pelas garras de um urso, sentiu a ponta da unha afiada, mais afiada que bisturi, unha negra forte em compasso, mas Eduardo curvou-se só costelas, e escapou, um pouco mais acima.
Pulou obstáculos.
Atravessou corredeiras de pouco leito, percorreu afluentes, ribeirões, ribeirinhos pedregosos, no meio da floresta. Viu a

paisagem ficar branca de neve, observou o sol nascer e admirou o brilho das próprias escamas ao sol.

Contou as estrelas em noite de estrelas. Cresceu e minguou com a lua.

Quando chegou, as barbatanas laceradas, olhos nariz e boca infestados de fungos e outros parasitas, encontrou Sebastiana.

Os olhos verdes inteiros.

Eduardo olhou, pela última vez, o salto da fêmea.

E esperou que os necrófagos viessem cuidar de suas carnes.

QUANDO OS MARES
SE ABRIRAM

Quando o mar se abriu eu vi a cara de espanto.

O oceano vácuo, corredor, passagem. Os peixes todos em aquário abaulado gigante a conhecer a parede líquida que se formou para que nós passássemos.

Em meio ao caminho úmido salgado, pisando na lama do fundo do mar, a gente via as baleias observando o milagre, nos pés as conchas jardim, flores retorcidas em musgo e sal.

Em meio ao oceano seco, a gente escorregava e se alguém, por exemplo, esquecesse as sandálias, cortava os pés nos corais afiados de lâminas arco-íris.

Eu peguei uma concha da praia e quis dar para o meu namorado, mas não podia, nem pensar numa hora dessas, a mão e o milagre e a abertura dos oceanos, a liberdade, terras de leite e mel e os que vêm atrás em perseguição, afogados em dores de dez pragas.

O meu namorado, as flores e pérolas corais, em meio à correria.

Ele perdeu o ar e eu fiquei preocupada, mas as estrelas-do--mar catedrais furta-cor e a gente devia correr e andar sempre reto. Os olhos baleia, os pés cortados, o ar faltou e ele ficou para trás.

As águas levantadas, as ondas sobre o inimigo, as margens do mar se abriram e ali, no mar vermelho, logo antes do deserto, eu perdi meu namorado, que perdeu o ar e se atrasou.

PISCINA

As cordas esticadas entre os ossos do corpo rangeram ao despertar. Fibras trançadas em nós marinheiros torceram os joelhos os braços e era sempre uma surpresa, a bacia a coluna o pescoço os pés. Um nervo cruzado atravessou a coxa direita e chicoteou o quadril. No escuro, as mãos situam as possibilidades de tempo e espaço: cama, amanhece, as paredes, o lado esquerdo da cama, a cabeça para a parede, os pés para a porta, o interruptor sobre o ombro, o quarto, armário, cômoda, os remédios sobre a cômoda e o sino infame que a filha comprou, basta tocar que eu venho, pai, um lado, outro, impulso, o braço sem força, esquerda, direita, cotovelo, apoio, uma perna, outra, e sentou-se para sentir frio, calor, os ossos empilhados sobre o piso cerâmica, que tapetes escorregam, papai, e aos poucos as névoas do sono se dissipam, caçadas de leões e sorvetes, o pé esquerdo dói, o que sonhara mesmo, no final do calcanhar, mas o que tem ali para doer, levantou-se e sentiu a palma do pé em dor, esquerdo, caçava leões na Savana.

Outro dia acordava enlaçado por pernas e braços, agora os músculos eram amarras duras e nodosas a mal segurar os ossos, distância enorme entre os gestos imaginados e os esboçados, o lado direito da cama vazio.

O chinelo, onde estão os chinelos, deveriam ficar ao pé da cama, virados para fora, um ao lado do outro, e era acordar, sentar e, em meio às cavernas dos leões, escorregar os pés, os chinelos, mas nunca acha os chinelos, anda pela casa e os abandona, que tipo de pessoa sempre sabe dos chinelos? Tapete banheiro, a casa em sono lento, polegar e calcanhar à procura do mundo, do caminho até a pia, esquerda, direita, a palma do pé esquerdo, pesado demais, cuidado para não cair, não cair.

No banheiro contou os pingos, um, dois, saudade da época em que mijava na terra e desenhava o nome amado sobre os grãos vermelhos.

A chuva recente emprestava a tudo um ar recém-lavado. Há anos não conhecia mais a sensação antiga do banho, a pele hortelã aberta em poros gotejantes; agora a pele, os cabelos, atrás das orelhas feridas, entre os dedos dos pés, nunca mais ficava limpo e mal sentia os cheiros, saudade da tempestade sobre a terra. Antigamente saía do banho a água quente e fria, a pele nova, riscada inteira com escova de hastes flexíveis minerais, transparente. Agora molhava-se, banhava-se e continuava opaco.

No banho as engrenagens esparsas juntam, encontram-se dos pés à cabeça, e que dor no ombro esses chuveiros elétricos, sempre sempre sempre um fio de água fria entre os pingos quentes e o sono esvai-se junto ao vapor, leões. Saudades dos banhos de banheira da neta. Limpou-se e a bênção é ainda poder limpar-se sozinho, desconcerto absoluto, alguém a lhe dar banhos.

A toalha, mesmo o gesto mais doméstico, erguer os braços alcançar a toalha, e nunca mais secou entre os dedos, não tinha jeito, a posição, sentado deitado de lado cruzado. Cada vez mais curvo, e as distâncias maiores. Os pés, as costas, o pau, quadris, membros antigos de um clube enferrujado, que ninguém visita mais, que ficou num bairro longe, esquecido e mesmo pegar a toalha sobre o box, a toalha e a mão pesada de chumbo e linfa, mesmo pegar a toalha é um sucesso.

Um dia todos o frequentavam, vinham saber das notícias do mundo, tomar caipirinhas e cervejas e entre abelhas nadavam tomavam sol. Agora, não sabia como era possível entrar na piscina, a escada de metal, uma perna, outra, de costas e o que é uma piscina para meio banho inteiro e a água ficou parada, coberta de musgo e folhas caídas, pela metade, coisa mais abandonada, uma piscina vazia, vamos encher a piscina, minha filha, vamos, pai.

No espelho nuvem, por entre as marcas de dedos de água, um reflexo esmaecido de cabelos finos. A barba colônia e alguns tapas nas bochechas a amarrar os últimos pedaços esparsos do corpo: estava em meio ao deserto africano e, vestido como Hemingway, caçava leões na Savana.

Ontem no médico o corpo nodoso, o constrangimento de pesar-se mal equilibrado na balança e ver-se cada vez mais leve, daqui a pouco desapareço, doutor, ou levanto voo, a tosse e o suspiro auscultados, nunca fumou, nunca fumei, bela expansão peitoral, era nadador, a voz médica, pausada, adocicada pelo cuidado excessivo, perceptível o cuidado, exagero, parabéns, mas o senhor parece um rapaz, está melhor que muito jovem que vem aqui, e o orgulho, lamentável o velho orgulhoso de sua boa forma, elogiada por voz infantil.

Nunca pensou que um dia realmente seria velho, as pessoas a lhe dar lugar no ônibus, metrô, que o corpo reclamaria para si as dificuldades sempre vistas nos outros e sim, como é útil a bengala, a dieta, castanhas para lubrificar os músculos, elásticos esgarçados. Agora contava o tempo em meses, por exemplo, tinha certeza de que não viveria uma dezena de anos e também a certeza de que não morreria no campo de futebol em meio ao jogo, a camisa de goleiro na pele, quando corria, quando nadava até à exaustão em desafio e competição solitária, a cabeça o corpo, um e outro, a cada polegada pelo mar, e hoje tinha certeza de que não morreria cruzando a nado, por exemplo, o Canal da Mancha.

Tossiu, respirou, reteve o fôlego segundo as indicações, a filha na sala de espera, aflita, vou entrar com você, pai, de jeito nenhum, por enquanto ainda não, triste amálgama de linfa e humores, sol sustenido entre pernas intumescidas e eu sei que você também, filha, você também, nunca imaginou. Vamos limpar a piscina.

Ainda gostava de fazer a barba, creme branco sobre o rosto, vapor, o banheiro fechado, a toalha amarrada à cintura e a gilete deslizante, a barba branca, como é dura a curva do maxilar. Voltou ao quarto pingando, pedir demais, a um velho, que seque os dedos a virilha entre a curva a pia a privada o bidê, as marcas dos pés pelo assoalho do quarto. A cueca larga, meias, lamentáveis os pés de velho, e os chinelos já gastos de tanto conforto, como custava enlaçar os fios dos sapatos, o peito nos joelhos à procura do nó, os dedos em laço até que desistiu, primeiro com ódio, o presente da filha, prestativa, papai, chinelos, e sucumbiu e agora era arrastar os pés os dedos sob o conforto macio do couro sem amarras.

Nos olhos do médico viu a doença espalhada, por favor, a minha filha, se não for necessário que ela saiba, não conte. E agora sabia que certamente não estaria vivo em dez anos, nem cinco, não veria a próxima Copa e que se dane, mas o neto, a neta, a formatura da neta, talvez a sorte de um, mais um ano de vida, e quem quer viver mais um ano assim, eu quero. Embora não acredite mais nesses bálsamos remédios tratamentos dietas e infusões de ervas que o senhor me prescreve, doutor. Tome-as, Joaquim, e antes, quando era novo e pulava corda, todos o chamavam de Juca. O velho Juca. Agora não o chamam mais de velho. Joaquim.

Os cuidados cada vez maiores, a barba feita, cueca e camiseta já separados, que o ar frio, a corrente, a mudança de temperatura, e quando entrava nas cachoeiras e depois a pele e a briga entre pedras e ossos, e no minério aquecido toda a sabedoria da pedra, o som da água infinita a embalar o sono, os músculos amassados pelo jato de água, o sol, o cansaço da cavalgada sobre as pedras, não sabe mais o que é relaxar, bem que a neta podia dar de presente em vez da meia, gravata, caneta, um cigarro de maconha, mas como pedir sem os ouvidos da mãe?

Outro dia, doutor, resolvi quebrar nozes. Teste exercício para os músculos da mão, a casca madeira empalhada, achar o lugar, o lado outro da casca de noz, e ouve-se a rachadura craqueada, o pó de casca aos pedaços, e dentro vi uma noz ressecada, encolhida em meio ao oco redondo emaranhado e me vi ali, doutor, encolhido entre a casca oca rugosa, bom dia, filha, sim, vamos encher a piscina.

HORÁRIO DA GINÁSTICA

9h00   glúteo carioca
9h30   abdômen absoluto
10h00   seio americano
10h30   anca mulata
11h00   pilates andino

PENSAR EM DIZER ADEUS

E vamos supor que combinassem de dar o que para cada um houvesse de mais valioso, de mais valioso no mundo, o que cada um tivesse daria ao outro, em presente de aniversário, em celebração ao encontro, o que houver de meu de mais valioso eu lhe dou, e seu, o que houver de mais rico e precioso, aquilo seu que valer mais, você me dá.

Não podia ser comprado. Algo que cada um tivesse, de mais valioso.

E vamos supor que ela desse um conto de seis linhas de um mestre chinês do século V sem fim nem começo. E ele desse o relógio que era dele. Titânio italiano edição Fórmula 1. E ele não gostava de ler. E ela não usava relógios.

Vamos supor que fosse o primeiro aniversário dos dois. E eles reservaram uma mesa no restaurante. E ele comprou sapatos novos. E ela perfumou-se, mas não muito. Ele ficou preocupado onde ia estacionar naquele restaurante no centro. Ela comprou uma combinação de calcinha e sutiã para transar. Vamos supor que a calcinha fosse transparente.

Ele vestiu a camisa azul. E a corrente de ouro. Ela vestiu a minissaia e a blusa de seda, a sandália de prata.

Eles se deram os presentes. O que houvesse de mais valioso. E vamos supor que depois foram para um hotel e fizeram amor. Ela usou somente o relógio novo. Ele, depois, leu em voz alta o conto chinês. Até a quarta linha. Porque na quinta, já dormiam os dois.

E vamos supor que combinassem de dar o que para cada um houvesse de mais valioso, de mais valioso no mundo. O que cada um tivesse, daria ao outro, em presente de aniversário, celebração, encontro. Vamos supor que eles combinaram assim:

O que houver de meu, de mais valioso, eu lhe dou. O que houver de seu, de mais rico e precioso, você me dá.

Eles reservaram uma mesa no restaurante. Ele comprou sapatos novos. Ela passou perfume. Ele ficou preocupado onde estacionar. Ela comprou uma combinação de calcinha e sutiã. Vamos supor que a calcinha fosse transparente.

Ele vestiu a camisa azul. Pôs a corrente de ouro. Ela vestiu a minissaia, a blusa de seda.

Eles se deram os presentes. O que havia de mais valioso:

Ela deu uma faca tradicional japonesa, a lâmina feita de aço mais duro que o ocidental, porém mais frágil, foi o pai que explicou. Aquela era uma faca samurai honyaki, a lâmina em forma de salgueiro, bocho santoku, ou a faca das três virtudes. Uma faca multifacetada, para peixes, carnes e legumes. Junto à faca, a pedra de amolar. Você molha com água, ela explicou, e passeia a faca por cima, vai e vem.

Vamos supor que ele desse o espelho que era dele. Um espelho que havia sido da avó, trazido no navio, bisotê e prata. Não havia irmãs, nem irmão. O espelho era a maior lembrança. Nele, a imagem de três mulheres: minha mãe, minha avó e agora a sua. Minha mãe me deu e falou: o espírito se olha no espelho.

Você passeia a faca por cima, com cuidado, para que não machuque o fio. O espelho bisotê, não se faz mais nele a imagem guardada de três mulheres: a mãe, a avó e agora a sua. Peixes, aves, carnes, três gerações e o oceano.

Vamos supor que a faca não coubesse no bolso, deixa que eu levo. O espelho não cabia na bolsa, deixa que eu levo. O carro está na porta.

Vamos supor que na saída do restaurante houvesse um fio de água. E ela tinha comprado a sandália de prata, o fio de salto.

Desequilibrou, o espelho a faca.

Sentiram o quebrado.

Vamos supor então que os dois não pudessem mais se falar, mas ela falou: foi o salto da sandália. Um fio de voz. A sua sandália veio no navio de antigamente? Havia nela três gerações? Era sandália bisotê? E o espelho? Cortava carnes e legumes? Cortava as aves? Foi seu pai quem deu?

Seguiram o roteiro da noite.

Ficaram sete anos juntos. A faca sem fio. O espelho quebrado.

DESMANCHE

Reúnem-se ao entardecer. Omoplatas, nadadeiras, clavículas, brânquias, escamas, pele. Chegada a primeira estrela, preparam o canto cova, fazedor de viúvas, órfãos e mães sem filhos.

No encontro da pedra com a água, cozem o destempero. Sempre-noivas, lindas e nuas, sem pés nem vestígios nas ondas-grinaldas, desafiam a vida. Matracam matracam matracam e comemoram danadas a montagem da armadilha, notas e homens enlaçados em teias de areia sonoras. Desconhecem fala pequena, brisa, murmúrio, farfalhar de água mansa. Cantam as águas do mar e estouram as ondas em desmanche arquitetado.

O canto é alvoroço, trombeta e fanfarra, geleia de vozes mulheres peixe. Acenam aos ouvidos e arrebentam os ares. Em meio à zoada, moldam-se sonoras e ensaiam o desvio. Lápide certa de água e sal, fazem dos homens cegos, loucos, forjados, gado amansado, carneiros, frangote embalado.

Nunca ninguém viu tamanha lascívia, sabida e ensaiada. Lapidam os ventos até que se forme corrente favorável, talham e aplainam as ondas, aparelham a ladroagem, maduram o encanto rumo ao trespasse decisivo, à dissolução, ao passamento.

Tiranas cantantes, afinam os trinados-foice como quem brinca de corda. Ali, no embalo do esquecimento, ao lado da lua, aguardam o próximo navio até amanhecer, quando vão dormir, no sono das pedras.

CEVICHE

Cubos de peixe fresco. A espessura de um dedo. Banhe-os em limão, sem afogá-los. Meio limão taiti e meio amarelo. Dedo de moça em lâminas, tire as sementes. Coentro picado. Sal. Cebola roxa em milímetros. Trinta minutos no frio.

CAJU COM CACHAÇA

Eu sei, mas olha sua boca polvilhada de açúcar, olha, parece criança lambuzada de confeito, cachorro que roubou linguiça, o beiço melado, o bigode de leite, os lábios gordos de maracujá.
prova meus dedos vê o salgado
Cheiro machuca, sabe?
prova que ontem hoje amanhã
Nega então. Jura que não, o rosto de criança.
eu sei, mas saber todo mundo sabe achar todo mundo acha sentir eu quero ver quem sente pô qual a diferença entre o que a gente imagina e vive e ontem e pô também ficar ouvindo escutando dando bola para o que se fala pô que você nunca foi disso pô nunca gostou de falatório de vizinho vizinha
Caju com cachaça, Marina. Eu sei. Maracujá, leite condensado, caninha. Eu sei.
você não sabe nada pô você não sabe da missa a metade, Luca, quer saber
Reza, reza daquele seu jeito, todo torto, todo cortado de quem não decorou a missa. Não quero saber.
venha a nós o pão na terra no céu pô

Mas agora sei. Agora sei, essa coisa sua, essa coisa que você tem. De roubar. Sempre. Sempre dar uma mudadinha no programa. Você queria, né? Prova o sal, prova o danado do sal. Come o litro inteiro, do sal que partilhamos.

não é com todo mundo que a gente partilha um litro de sal, Luca, pensa nisso e sal é quilo não é litro pô, mas eu acreditei e achei bonito que sal era como água e a gente contava em vez dos anos juntos os litros de sal e a gente parecia que vivia no mar quantos, Luca, quantos litros de sal partilhamos

Tantos. Nem sei. Marina.

agora fica aí dizendo

Não tem mais jeito.

mas e se foi como se diz um mal-entendido pô e se você não viu direito, mas imaginou ou sonhou pois quem sabe o que é mesmo nessa vida Luca

O caju. Vai dizer que foi o caju.

e se eu disser que não e disser outra coisa e se fosse assim e se fosse assim de outro jeito que que tem e se

A gente pegasse e riscasse? Riscasse e então ia ser lindo, nós dois, nesse mundo sem prova? E depois? A gente ia esquecer? A gente ia conseguir esquecer, Marina?

vem e

Toma o café.

como é bom como é sempre bom, o seu café, Luca

A gente ia conseguir?

mas Luca, quem disse que o que eu vejo é o que você vê e quem disse que o que eu enxergo é o mesmo que você e quem disse que o que eu quero é o mesmo que você e pô, quem disse

que o que eu sou e sinto, poxa, o que eu gasto e o gasto para mim, poxa, quem disse que é o mesmo para você e
Dez litros de sal. Juntos. Um mar inteiro, Marina.
as coisas não são assim Luca, preto no branco, oito ou oitenta, isso ou aquilo
São. Luva ou anel.
eu quero ficar com você
Atravessa esse risco. Cospe aqui.
cuspo
Ajoelha e lambe meus pés.
esqueço
Reza.
na saúde na doença Luca
Aprende a dança dos sete véus.
no umbigo, a aliança
Vai buscar meu anel no mar.

PENNE COM TOMATES

Tomates vermelhos, maduros, estourados de sementes e suco. Alho inteiro, dentes brancos e firmes. Manjericão fresco. Azeite. Sal.
O tomate em pedaços. Nem tão pequenos, que se desfaçam, nem tão grandes, que explodam na boca.
O alho em fatias finíssimas, laminares, transparentes.
Manjericão em folhas inteiras.
Macarrão al dente, grano duro, cozido em água abundante e sal.
Um véu de sal, salpicado de pimenta do reino mal moída.
Regue a mistura com ótimo azeite.

OLÍVIA

> *O homem que dorme mantém em círculo*
> *em torno de si o fio das horas,*
> *a ordem dos anos e dos mundos.*
>
> MARCEL PROUST,
> No Caminho de Swann

O que fazer quando o sol da tarde o sofá, a casa limpa, luz girassol, hora de vender fazenda, ouro sobre o verde, mas ali, no geométrico dos prédios, a panela de pressão, o feijão vizinho, o preparo jantar sopa criança, mas ainda não é hora tem um tempo, antes que a porta abra, de segunda a sexta, ela sempre escuta o barulho das chaves, a maçaneta e se estiver chovendo, primeiro o guarda-chuva, os pingos, mas hoje não choveu e outro assunto, o trânsito, as meninas, hoje é dia de ficar com a vó, é mesmo, esqueci, e ele lava as mãos, tira os sapatos, o cinto, as meias camiseta, mas agora não, agora a espera, e quando ele chegar vai vê-la no sofá, a luz apagada, a tevê desligada e a mudez para conversas repetidas.

O azul tevê tinge as paredes vizinhas que no calor do fim de tarde abrem as persianas e a luz nos rostos grisalhos, homens mulheres crianças pousados sobre as certezas do jornal receita novela desenho, as notícias em série do dia que deve deve deve finalizar, mas não.

As roupas dobradas, o prato o copo antes da janta uma maçã, recomendação médica, a casca cortada de uma só vez, o redondo da fruta, não pode romper, disciplina e esmero, até que a fruta acabe, caroço e carne, mas o tempo, o espaço, mas o silêncio e a maçã esfarinhada, não serve, a maçã tem que quebrar na boca e soltar seu suco primo dos limões e estalar sob os dentes. A maçã inteira no lixo e um nó no estômago, como desperdiça, mas quem consegue, quem consegue comprar frutas sempre boas? As tarefas, café guardanapos, a roupa passada e como fica bem a camisa de seda creme, o sutiã rendado sob a transparência do creme, tão bem, a luz girassol no sofá, o que fazer, quando ainda não é noite e Olívia vestiu a blusa, sente o chão inteiro e vê, entre as frestas dos tacos, os abismos colados no piso da sala.

Quando ele chegar talvez nem olhe, o caminho rápido para o banheiro, pia, cozinha, copo de água banho, mas se ele chegar e parar um instante, antes de entrar, e por um segundo – antes – e por um segundo, quem sabe nesse instante, por exemplo, nariz sobrancelha cotovelo e cada pinta do braço, as pernas cruzadas entre almofadas, o canto esquerdo do sofá, talvez no susto, no susto talvez ele veja uma mulher uma mulher uma mulher e talvez outra, se quando ele chegar ela e talvez por um segundo eles sejam estranhos, o que sentiriam? O que vai sentir, quando a anestesia do hábito tiver acabado?

Na primeira vez em que se encontraram ele perguntou tá perdida moça, o que achou mesmo, o que sentiu mesmo, mas agora a poeira de séculos de segundos de movimentos repetidos.

As cordas do elevador em giro andar por andar, ele chega não chega, o barulho movimento do elevador, fim de dia, ferragem elástica sobe e desce, antes de entrar, a casa lar ninho sétimo quinto doce terceiro andar, verifique se o mesmo, campainha maçaneta, encontra-se parado, casa, as chaves na mão, trouxe pão, padaria, a fila da padaria, a hora da fila na padaria, mas ainda não, não é ele e como será, como será a vida depois?

A janta, o dia, como foi, o trabalho, banho, dentes, novela, pergunta, responde – houve um tempo, era tudo um esmero, o guardanapo colorido e depois a louça, juntos e um dia cantaram e imitaram musicais antigos, entre o sabão e a escova de aço. Agora, quando, por exemplo, são sete horas e todos os lares são quentes, Olívia pesca os minutos com isca falsa de insetos artificiais.

Uma vez, na pia, tentou limpar o peixe enorme, maior que a cuba, maior que os braços, e foi sentir o peso do peixe a pele do peixe nas mãos gelatina e o peixe deslizou, a palma das mãos os dedos inteiros espalhados no ar, escapuliu nadou, susto sobre ladrilhos. Se a cozinha fosse aberta o peixe tinha voado escorregado geleia assoalho até o terraço balcão janela e saltado acrobata pelos céus da cidade. Qual o mar mais próximo? Ela abraçou o peixe e o peixe caiu sobre o assoalho azul hidráulico.

A hora vazia inteira, e não escureceu, as paredes, uma atrás da outra, ou atravessadas, se pintasse de azul, derrubasse aquela construísse um armário e os móveis giraram: caixas, duas cadeiras de praia, um colchão de casal, um cinzeiro de pedra, era tudo o que tinham. À noite, sonhavam com uma mesa, a mesa de madeira velha, e os jornais lidos inteiros e o amor no chão. Há quanto tempo?

A cabeça equilibrista no pescoço bambo, pesada tão pesada, as cordas do sono estendidas e o pulo estilingue do corpo acordado no próprio peso, ficar acordada, muito acordada, no sofá, a luz apagada, tevê desligada, não tem janta hoje, te esperei, vamos conversar, mas nada da maçaneta que gira não gira.

As salas dos vizinhos corredor lavabo geladeira vapor doméstico. Chuveiro, o banho, a escola, trabalho, namoro, encontro, sapatos, os calores do dia entre os dedos abertos dos pés sem meias. Os olhos os olhos do homem da areia que espalha seus grãos sobre as pálpebras de Olívia, a boca aberta, boba, enquanto espera a noite vir, mas nunca é noite na dormência acesa do bairro. A luz laranja e branca pontilhada por polegadas de azul cristal entre as nuvens sem forma que nunca que venta nessa cidade, e o tempo, o calor, o dia, fez frio, vai chover. As conversas de sempre. Dizem que pôr do sol bonito é muita poluição, sabia? O manto quente do cotidiano, mas hoje não.

Ninguém ia notar se ela dormisse um pouco, mais despercebida que o homem das cavernas, e as paredes as coisas os países os anos sob os olhos daquela mulher, memória de costelas infladas.

Um dia levantou-se, pegou as chaves do carro e saiu de casa.

Para onde vai uma mulher à noite na cidade, camisa de seda creme?

Balançava as chaves do carro entre os dedos, o som tilintar dos metais, andava e brincou de quebrar as cadeiras, para um lado, outro, o andar gingado que hoje não tinha mais. Doíam as cadeiras, a coluna, o cóccix, a bacia o sofá camurça a conversa o sono e o amor das pernas encolhidas na formação do ninho. Manta, revista, almofada, xale, a meia sem par, o copo vinho e o livro *Assassinato no Expresso Oriente*. Quem vai ficar com o sofá?

Naquele tempo as chaves sobre a pia, saiu de casa, a cuba da pia sempre foi pequena, o peixe escorregou no almoço para a sogra, venha conhecer o apartamento, compraram juntos duas cadeiras de praia e uma mesinha de fórmica e um dia faz tempo, antes, muito antes do almoço, tirou o carro da garagem e saiu pela cidade à toa, mas tinha um destino.

Tá perdida, moça?

Estava no cinema e passei por aqui e resolvi ver se ainda estava aberto. Deu uma vergonha dizer saí para vir até aqui, e ele também, mas ela não sabia, nem ele, e sabiam, os dois: haviam saído para se encontrar. Agora era a espera, a espera a espera ele vai chegar, mas ainda não e podia demorar um tanto, podia, por exemplo, sumir até.

Naquele dia saiu, encontrou, sentou-se no balcão e deixou-se servir. Beberam juntos.

Conversaram sobre pesca, a pesca mais perigosa do mundo, a pesca de caranguejos gigantes. Entre o Alasca e a Rússia. Os barcos levam caixas enormes toneladas de metal: emboscadas onde os caranguejos gigantes entram desavisados atrás de iscas de arenque. As caixas são jogadas ao mar e lá ficam por horas, até que se encham de caranguejos. Ou não. É uma grande expectativa, saber quantos caranguejos haverá dentro de cada engradado. Os homens içam os cubos de volta ao barco com sistemas de correntes, guinchos, venta chove e as caixas os corpos o barco.

Em cada barco sete homens, um deles, capitão. Trinta graus negativos, tempestades e ondas aos metros, ferimentos, hipotermia, afogamento, os caranguejos são vendidos a peso de ouro, alguns pesam doze quilos e há aqueles que, nos quinze dias de pesca, juntam o suficiente para viver o resto do ano.

O sofá família, as crianças, o prato a colher de sopa cereal sucrilhos tevê, saudades. Pipoca, milho e algum piruá entre os ninhos, uma coceirinha incômoda, talvez na perna direita, mas quem vai levantar por um caroço velho de milho mal estourado, caroços pirlimpimpim, entre pijamas e pernas, quatro pernas, depois seis, depois oito.

Naquele dia levantou, pegou as chaves, saiu, chegou e conversaram sobre a pesca mais perigosa e rica do planeta.

Queria ter a consciência limpa limpíssima, livre de máculas e coisas. Mas não é assim. Queria sair batendo, furiosa, que precisassem pegar segurar pelos braços que era para a outra que apareceu um dia não morrer assassinada, estrangulada entre dedos, mas o ninho e ficaram ainda juntos, e um dia tomaram café e era de novo verdade. Queria saber dizer coisas horríveis, uma atrás da outra, xingar contar os erros, enumerar os escondidos, berrar segredos, mas não, nunca conseguiu, as paredes da casa, era bom pintar as paredes, tão bonitas as paredes pintadas colorido, mas tão difícil achar a cor a tinta, e quanto custa, pintar as paredes e quem pinta, ficou bonito o arranjo de flores vermelhas, o vaso de cisne rosa, as paredes da casa em camadas de renda sobre os olhos do dia que apaga.

Agora a vida dos dois era assim, seguia adiante, mas se alguém fosse medir, estavam de ré. No passar das horas em que o outro dormia, desfaziam o tapete tecido no correr dos dias.

A cicatriz, a cicatriz na coxa, o corte e saiu muito sangue um rio de sangue sobre a banheira e que aflição, tanto sangue muita aflição, mas o ar e foi tão boa enfermeira um susto no coração, impossível dirigir, chamaram um táxi e a coxa não parava de doer sangrar e como seria viver sem uma perna. O cão era novo, presente dela, uma mordida do cão, filhote, esse mesmo cachorro que hoje está quase cego e como será entrar numa casa vazia sem ninguém que te receba, sem ninguém para falar, perguntar do dia. Quem vai ficar com o cachorro?

E como, como ela ia fazer se ele ouvisse se ele não ouvisse o que ela tinha para dizer e não visse nos olhos dela que era sério tão sério, quando chegasse em casa, o rangido do elevador, sobe e desce polias caixilhos, primeiro andar, segundo andar, entre o sono a espera a espera, porque não sei o que é melhor e as crianças e não sei se seremos felizes, as meninas, não sei podíamos continuar, talvez, um dia, outro, mas não quero e sim, talvez me arrependa, mas ainda não, eu sei você sabe, e hoje eu te esperei porque precisamos falar, o ensaio o ensaio entre as alças do elevador.

E quando treinou para ser estátua de rua, capaz de manter--se por horas em perfeita imobilidade, até que alguém pusesse algumas moedas no chapéu e, movida a moedas, se mexia finalmente que até os ossos doíam tamanha a cãibra e no sofá, às vezes, a perna dói um pouco, que ideia, ganhar dinheiro assim, mas o plano era ir para Nova York e em Nova York, em que sofá estaria?

Naquele dia ela pegou as chaves, abriu a porta de casa e saiu, dirigiu pela cidade era noite e encontrou, e ele perguntou tá perdida moça e ela riu e mentiu que ela sempre mente um pouco, mas naquele dia os dois sabiam tão bem e tanto que sim, me perdi até aqui, para encontrar você, sim.

A profissão mais perigosa do mundo. Mais que mineiros à sombra da noite, mais que radioatividade, uma vez por ano, nas águas geladas do Antártico.

Diz-se de um figura lá de Nova York, homem de cobre, que ficou rico assim. Só parando. Comprou uma ilha e tchau, trabalhando aos finais de semana na calçada da Quinta Avenida. E se ela tivesse uma ilha, tão rica, tão rica, e morasse numa cobertura, por exemplo, e se tivesse sido artista de rua, morasse itinerante, um grupo de teatro europeu, e se fosse bailarina? Ficaria bem, um cinza cobalto na parede da sala e se abrisse a cozinha, podia ler um pouco, mas quem liga para quem matou quem nesse trem inventado?

(Todos mataram, congelados em meio à nevasca no Expresso Oriente. O crime de impossível resolução porque as facadas não batem, canhotas, destras, fracas e fortes, de gente alta e baixa, gorda e magra, todos mataram havia – doze, treze? – pessoas com motivos para assassinato e no final era um corpo morto a doze facadas sem lógica.) Já tinha lido o livro três vezes e sempre de vez em quando pegava para ler de novo. Ler e saber novamente de cada um o segredo, descobrir o plano e lembrar os motivos, o passado de cada um e aqueles desconhecidos no trem no plano perfeito, justiça e vingança, os homens e as mulheres, não fosse o detetive belga, queria ir para a Bélgica, podia viajar, quanto será a passagem?

As paredes, o corredor, a porta, a porta de casa, a porta da cozinha, não fosse a porta e o peixe teria escorregado até a sala, imagina, foi um susto, a sogra chegada da França e o peixe assado, um peixe inteiro, mal cabia na forma, celebração, quantos quilos, e quando se sabe que o peixe tá bom tá limpo e ela resolveu lavar, passar uma água e abraçou o peixe, deu uma vontade de abraçar o peixe, bicho de pelúcia ao avesso, a pele pontilhada do peixe e as escamas de príncipe, a guelra o sangue vivo vermelho escuro da guelra e os olhos brilhantes. Tinham ido ao mercado o grande mercado da cidade e para ela era uma alegria, a visita ao mercado e o peixe maior que encontraram, a farofa o arroz pronto e ela quis saber como era abraçar o peixe e era pesado e liso e escorregadio feito o mar e o peixe caiu esvoaçante sobre o piso da cozinha e se a trajetória tivesse continuado e o peixe voasse e pulasse a janela e deslizasse pelo céu da cidade ia ser tão bom.

O quadro um pouco torto, difícil arrumar os quadros, simetria geométrica, o teto, a moldura a parede o risco, os olhos riscados para cima, para baixo, tinha saído de casa, o relógio, o cansaço, quem vai embora primeiro, eu não, eu fico, estátua, capaz de ficar por horas, quem aguenta, eu fico, vou para um hotel, a casa de um amigo, sei lá, para a casa da minha mãe não nem pensar. E se houver outra, como é que faz, mas não foi com você, querida, não foi com você que ele conversou sobre a pesca de caranguejos gigantes nas águas geladas do Antártico.

Ficar um pouco mais. Sim, um pouco mais. As meninas, gatinhas trovejantes pela casa, é bom o silêncio. Uma escorregada no sofá, mas o xale, o casaco amarrotado, travesseiro, as crianças vizinhas, sobe e desce, ferragem do elevador, guarda compartilhada, parece um suspiro o barulho do elevador que respira, respira e demorou para ela perceber que tem câmera e quantas vezes os porteiros, e naquele dia, quando ela voltou para casa acompanhada, ela ficou com um pouco de vergonha no elevador.

Aquele dia, no almoço, não contou para ninguém, não repartiu com nenhuma pessoa a vontade de abraçar quatro quilos de espinhas pele escamas sabão e a carne do caranguejo suave e doce. Ninguém soube que o peixe fugiu e todos o comeram assado com farofas e bananas.

E se ele não soubesse, não cuidasse do que ela tinha para falar, as luzes apagadas desde cedo, e se ela não encontrar mais ninguém nunca. Senta, no sofá, para que conversemos, vamos falar. Um dia eu saí e encontrei uma pessoa. E nós conversamos sobre a pesca de caranguejos gigantes. E tudo o mais. E agora essas pessoas não existem mais.

Como pode um caranguejo de doze quilos e ele riu e pôs a mão no pescoço e os dois se beijaram, amantes estrangeiros. No dia seguinte ficou com o encontro marcado no corpo e dentro. Foi trabalhar toda colada, e quando chegou em casa era uma casa vazia infinita, ligou, chamou, escreveu um e-mail: obrigada pela noite esplêndida e escreveu uma carta de amor ridícula.

E se não falasse nada, ficasse quieta, as coisas como estavam, o hábito, o manto quente dos dias, café da manhã, mamão, gravata, batom, mas ela não aguentou e falou quando você chegar, hoje, do trabalho, vamos conversar.

E agora era tarde, o elevador, a maçaneta.

Como se fossem um par e pudessem domar o mundo, e fossem envelhecer dali a três luas e não fossem machucar-se nunca, eletricidade e pássaro, sem trégua, matéria moldável, feita para ele, naquele dia, no bar, ela falou tenho saudades e ele falou tive saudades de você a vida inteira, vem lá em casa, sim, eu posso, te acompanho, te amo, que bom que você existe, sim, sim, obrigada, mas agora, entre as frestas do sono, do piso da sala, no vaivém dos olhos emaranhados, pássara sobre o sofá, Olivia prepara-se para dizer não.

E ele vai entrar, entrar pela porta e olhar sua mulher voar com os peixes, janela afora, à procura dos mares antárticos.

Vai chegar, abrir a porta e congelar por um segundo, ao ver uma mulher sobre o piso da sala, flutuando entre peixes gigantes.

DA TERRA

Então uma deusa pegou o arco-íris
E fez um pente para se pentear.
JORGE DE LIMA, "Duas Meninas de Tranças Pretas"

ORNITORRINCO

O planeta era revestido por fina membrana transparente, véus de fibra elástica, teia de aranha e pó diamante. Por baixo, a gente podia ver algo semelhante a um músculo em esforço de pulsação. A gente contou e viu que o pulso batia a cada dez segundos, o que nos pareceu razoável, dada a magnitude do corpo celeste. Seis batidas por minuto, trezentos e sessenta pulsos por hora.

Acompanhamos em silêncio o milagre de uma hora inteira.

Pareceu-nos que o planeta tinha o tamanho de cinco do nosso, mas era como se estivesse nu, o coração exposto, mal protegido por papel filme.

Não havia terra, água, deserto, savana. Nem construção nem ponte; nem cipó ou gelo. Montanha, cerrado, vulcão, carro azul, caminhão, bicicletas. Não havia azaleia, lavanda, baobá, nem bicho, micróbio. Nada de gente, estrelas-do-mar, risadas ou cavalos-marinhos. Membrana fina sobre a esfera pulsante.

Quando a gente pega a cola, espalha na palma da mão, deixa secar e depois tira, parece que temos uma segunda pele que pode ser arrancada inteira por diversão. Todos nós ficamos com muita vontade de arrancar a pele daquele planeta enorme, por diversão.

Podíamos ouvir o pulso, dez segundos e de novo, dez segundos e de novo. Trezentas e sessenta vezes.

Contamos. Ou também a membrana pode ser de quando a gente está ainda na barriga da mãe, antes de nascer, coberto por uma bolsa que nos alimenta e protege. A placenta, que a gata lambe, quando tem sua cria. O casulo da lagarta borboleta.

Eu fiquei com pena, um planeta sem pai nem mãe, sem companhia no silêncio do espaço grande tão grande e nenhum ornitorrinco.

Sentimos uma espécie de afeto por aquela bola. A cada dez segundos, a impressão de que a membrana romperia, água-viva em meio ao mar, incha desincha, transparente letal. Contamos:

Um segundo.

Antena de pulso lento, cronômetro no céu. Lembrei de quando era criança e íamos à praia e às vezes tinha seres transparentes na areia, pura gelatina, e minha mãe falava que era vivo e queimava e era difícil de acreditar, mas tão assustador que eu nunca toquei e fiquei achando legal, a água-viva.

Cem.

Lembrei de quando brincávamos de vaca amarela. Quem falar primeiro. Fiquei muito quieta, e guardei a lembrança para mim, o planeta gigante, mais dez segundos,

cento e onze.

O planeta respirava alheio à nossa presença, inteiro, calma e placidez, monge budista sobre a montanha, tão dentro que o mundo podia acabar.

Metrônomo seguro. Dez segundos, e mais dez.

Duzentos.
Ficamos em silêncio e a volta não acabava nunca.
Duzentos e quarenta e cinco.
Eu lembrei daquele aviso do espelho retrovisor, os objetos podem estar mais próximos do que se imagina. Lembrei quando era criança e viajava de carro, quando havia carro e estradas e crianças, e a gente viajava para a praia, o pai falava vamos descer a serra, e eu não sentia, durante a viagem, não sentia que estava descendo até que as orelhas entupiam e a gente ficava engolindo vento para destampar o ouvido.
Duzentos e setenta.
E antes de chegar na praia, já noite, a gente via a cidade em brilho por baixo da montanha e tanta luz parecia uma caixa de joias, ouro, diamante, rubi. E eu pensava que era gigante e confundia os carros, casas e prédios com joias para a minha coleção.
Duzentos e noventa.
A gente ficava inventando brincadeiras, contava os carros vermelhos, as placas terminadas em três, quantos caminhões. Contava histórias e agora tinha que pensar em alguém famoso e adivinhar quem era e agora tinha que fingir que era um bicho e adivinhar qual era e agora tinha que cantar uma música e vê se dorme um pouco e a gente enjoava e brigava e suava dentro do carro e quando tinha trânsito então, a gente voltava para a escola e contava que demorou dez horas para chegar em casa.
Duzentos e noventa e um.
Achamos que o planeta era vivo, qual ser vivo não pulsa, até camarões pulsam, o planeta se movimenta portanto é vivo, mas se jogarmos uma pedra no céu e ela superar a força da

gravidade e entrar na estratosfera ela ficará para sempre voando no céu porque não tem atrito só inércia, mas nem por isso a pedra ficou viva e a pedra não pulsa, bocó.

Trezentos e quarenta e cinco.

Achei mais. Achei que o planeta era um planeta fêmea, braço de colo gestante, e o pulso, o pulso uma canção no universo, medida e cuidado.

Trezentos e cinquenta e um.

Achei que a gente nunca mais ia chegar em casa.

E achei que o planeta sem pele não acabava nunca.

PUDIM DE BERINJELA
(RECEITA DA MANUELA)

Corte quatro berinjelas grandes em cubos de três dedos. Salgue-as e deixe que suem por meia hora. Depois, seque-as bem, com papel toalha. Uma cebola muito grande muito bem picada no azeite morno, fogo baixo lento, até que derreta transparente e doce. Quatro dentes de alho, não deixe que queimem. Alecrim tomilho manjerona e folhas de louro. As berinjelas. Fogo baixo, até que as berinjelas murchem. Feche a panela com uma tampa e deixe mais tempo. Rale um parmesão de boa qualidade, o parmesão inteiro, e separe dois ovos batidos no garfo, e meia lata de creme de leite. E quando as berinjelas estiverem se desfazendo, separe as folhas os galhos dos temperos e deixe esfriar. Misture as berinjelas (amassadas, muito amassadas mesmo, consistência de patê firme) aos ovos, o parmesão e o creme de leite. Veja se falta sal. Já tem que estar muito gostoso. Unte a forma de pudim com manteiga e farinha de rosca. Forno 180 graus, quarenta e cinco minutos, quase uma hora ou até ficar bom, que nem bolo, quando o palito sair seco tá bom. Sirva com molho de tomates pelados.

TRÊS RISCOS

Quando a gente se separou eu fiz três riscos: um na porta, um no céu, um no inferno. Também escrevi sete vezes maldito na tua cueca e costurei na boca do sapo e coloquei o sapo na caixa e te enviei pelo correio, não sei se chegou.

Eu repetia nunca mais e nunca mais, nunca mais e os riscos no céu na porta no inferno três vezes para você não passar.

Mas sabe? Sempre tinha uns sinais contrários, por exemplo, as três aves. Uma preta, uma cinza, outra branca. A preta estava prenhe. A cinza levava duas minhocas no bico. A branca mastigava um pedaço de fígado.

Ignorei.

Elas passavam todos os dias na frente da minha nova casa. Fechei as janelas e fiz que não vi, enquanto seguia riscando.

Passavam todos os dias, as três pombas agourentas.

Ignorei.

Segui riscando a nossa história inteira, linha por linha. Risquei o beijo, o copo de água, a manhã fria, o pé descalço. Risquei o filtro de barro. Risquei os gatos, comprei dois peixes, cultivo orquídeas. Risquei os dados da firma, risquei o que sabia, suspeitava, o que nunca soube. Esqueci. As nossas receitas, amigos. Comprei congelados. A árvore de jabuticaba, troquei por romãs.

A gente se viu pela última vez e eu atirei três pratos na parede. Compara. A gente usava pirex de vidro azul. Compara. Foi a última vez na vida que comi comida em louça de vidro azul.

Mas aí.
Hoje de manhã.
Aí eu suspirei.
E aí.
Quando dei por mim.
Já era. Eu tinha esquecido as janelas abertas e as aves passaram:

    você voltava,
        voltava,
            vol

O desenho do café.

Esqueci, o hábito. Acho que foi o suspiro, respiração. Já tinha riscado essa mania de ler sinais em tudo. Tinha riscado também as janelas abertas.

Mas o café escreveu:

R   e   a   p   a   r   i   ç   ã   o   .

E as aves. As aves entraram pelas janelas abertas.

Não é que eu sou dramática, Carlos, para com isso, você sempre vinha com essa e não era isso, era só que eu via as coisas e sabia ler os sinais, sempre soube. E na mesma hora que a palavra formou, o café na louça, as aves entraram. A janela tinha ficado aberta e a que mastigava as duas minhocas cagou em cima de mim. Juro. E você sabe, né?

As minhocas: eu e você. A cagada: meu futuro. E eu senti, na curva dos joelhos. O próximo fígado: meu.

Meus joelhos sabem. Tinha sonhado com um cachorro ruivo e falei: aconteceu alguma coisa com a sua mãe, ela é ruiva, tem aqueles olhos, e eu sonhei com um cachorro ruivo e meus joelhos.

Na hora você riu e me chamou de dramática.

À noite: IML.

Lembra?

Pois é.

Mas acontece que eu mudei, Carlos. Ioga, maratona, psicanálise. Na hora que senti a cagada, você não sabe, me deu uma força, levantei no mesmo segundo, nem me arrumei. Olhei o céu, fiz nuvem, fiz figa, descaminho, cruzei os dedos e saí de casa.

Saí de casa para impedir o destino.

Não vi os sinais da fumaça nem os sonhos nem as estrelas nem o figo nem as minhocas nem o joelho nem o destino nem os riscos nada porque estava decidida desde o segundo daquela borra do café. Suspirei, olhei, vi, entendi: precisava trapacear.

Achar você.

As cartas pediam assim: não venha. Você me ensinou a ler as cartas. Eu sabia tanto do futuro que dava até medo. Mas agora não. Agora eu brigo.

Vim direto, Carlos. A pé. Atravessei a cidade. Descobri onde você mora, achei o caminho todo.
  Longe, né?
  E agora chega dessa cara de espanto, de quem viu fantasma assombração aparição susto. Eu fiz uma nuvem no céu e saí de casa para lutar contra Deus. E vim até aqui. (tanto tempo, né?)
  Vim até aqui, Carlos, para te impedir.
  Não volta,
  de jeito nenhum.
  Tá?

A LOIRA E O COELHO

Pano cartola coelho pomba. Cetim escarlate mulher nua loira, as facas roçam orelha ombro cintura quadril coxa calcanhar. A respiração suspensa, o gesto preciso. O desenho da mulher em doze punhais.

O pano sobre a caixa, antes de serrá-la em dois. Às vezes, três.
Giro as caixas e a mulher tripartite voa pelo palco livre.
Cabeça, pescoço, ombros.
Costela, barriga, púbis.
Fêmur, joelho, pé.
Três blocos de mulher sob a luz.
Meu assistente junta as caixas outra vez. Cuidado na montagem, não vá desfigurar minha mulher, uma perna sobre o ombro, o púbis sobre a cabeça.
Suspense.
O coelho, a cartola.
Todos os dias. Menos segunda.
Depois a pomba. Sai da cartola.
Ao final a mulher ressurge, segura sobre os pés, espanto lantejoula azul.
Aplausos.

Sorri agradece.

Ao lado, Pierre a conduzi-la pelo palco, seminua brilhante, o cabelo loiro em coque desfeito. Minha mulher. Dou-lhe a mão, e juntos agradecemos.

Todos os dias.

Menos segunda.

Mal sabia falar, o Pierre, quando chegou.

Cultivou o bigode, aparou a barba. A camisa para dentro, passava a nossa roupa e a dele também. Um dia apareceu com a novidade: me chamo Pierre.

Nome de garçom, eu falei. Quase deixou cair o coelho, tremeu no rejunte das caixas. Depois sorriu de novo, e piscou para mim.

Pierre.

Estuda nossos segredos, abre cadeados sem chave, desenlaça nós com o pensamento, descobre arcabouços secretos, fundos falsos, lenços gigantes, cartas repetidas. Observa cada gesto meu, devoto.

Faz a mesura agradecida, e entrega a mulher para mim.

Ao final ela sempre volta.

Elegante. Inteira.

A minha mulher.

Que foi cortada. Picotada em três. Contornada em punhais.

Cavalgou elefantes, acariciou leões, deu três saltos mortais e caiu nos meus braços.

Mulher nua lantejoula prata.

Meu assistente.

Pierre.

E o coelho.

No final, a pomba.
Todos os dias tem espetáculo.

Menos segunda.
Pierre guarda as caixas, desembaralha as cartas, lustra a cartola. Comprei-lhe um fraque, cultivou o bigode, Pierre. A loira sorri, olhando de cima.
Eu vejo.
A piscadela rápida, o olho direito, um segundo a mais e ele segura a mão dela.
Cada dia. Um segundo. Que eu conto. Cada segundo.
Sempre.
Todo dia tem espetáculo.
Menos segunda.
Minha mulher acrobata vaporosa olha o Pierre e pisca também.
Eu vejo. Conto.
O sorriso duro de espetáculo diário. As facas na mão.
Mas eu não erro.
A raiz dos cabelos, a ponta das orelhas, a curva dos ombros, costela, quadril, os tornozelos finos.
Depois ela se afasta da parede e todos veem o contorno da loira marcado por doze punhais.
Depois tem o coelho.
E a pomba.
Minha mulher.
E o Pierre vem
e lhe dá
a mão.

Aplausos.
Coelho.
Cartola.
E a pomba.
Cortina.
Todos os dias.
Menos segunda.
Os truques que eu ensino. Cada um. A cada um. Cada dia mais ousados. Confiantes. Silenciosos e precisos. Os dois.
Menos segunda.
Agradeço, o corpo curvo em mesura humilde. Ela surge inteira, a pena vermelha na cabeça, os olhos pintados, meia calça rendada, o coque desfeito. O Pierre a cartola o coelho.
Agradece também.
Eu vejo.
A mão. Um segundo.
A pomba voa.
Mas nunca escapa.
Orelha, ombro, clavícula.
Pescoço. Peito.
Lantejoula escarlate sobre o collant, o espanto incrédulo da plateia, vermelho sobre azul, a faca no peito esquerdo.
Levo o coelho.
Deixo a pomba pra trás.

ALCACHOFRAS

Muita água fervente em bolhas estouradas. Uma colher de sal, um tanto de azeite e vinho branco, duas folhas de louro. Corte as alcachofras pelo talo e esqueça-as no banho quente até que a pétala se despetale ao puxar de dois dedos.

Para o molho, esquente em fogo baixo uma boa manteiga, muita manteiga e pedaços de alho, muito alho, fogo baixo, sem que o alho queime. Acrescente suco de limão, sal e a própria água na qual a alcachofra cozinhou.

O HOMEM MAIS FORTE
DO MUNDO

Sabe o que é isso? Minha clavícula.
(Vira e mostra as costas.)
Sabe o que é isso? Omoplatas. Minhas omoplatas. (Estica o pescoço.) Sabe o que é isso? Isso é coisa de gente magra. Saboneteira. (Estica as vogais: maaaagraaaa.) E os músculos do pescoço. Pescoço longo alongado. (Estica-se inteira, na frente do espelho.)
Isso é coisa de gente magra. E bate a mão no peito, lutadora de boxe diante da câmera, adversária um pouco antes do jogo. Animal de pelos eriçados, ou o homem mais forte do mundo, quando retesa os músculos e a gente vê cada feixe de nervo, cobra em preparação ao bote, o corpo suspenso em zigue-zague. Os músculos cordas que sustentam ossos a nós de marinheiro.
Um segundo antes da luta.
Peso pluma.
Imita o boxeador, as mãos em proteção ao rosto, os punhos virados para dentro, dedos fechados em soco. Polegar para cima, dedinho e anelar protegidos, os ossos são menores, podem quebrar.
Olhos convite.

E a rapidez esquiva de grilo e o soco à esquerda. Onde dói mais. Ou a luta livre. Esterno, laringe, virilha, boca do estômago. (Dói muito o soco bem dado na boca do estômago.) O cotovelo. (Se a mulher for baixa, ela vai com o cotovelo para cima e alcança a laringe do cara. Se antes der para alcançar os olhos, é melhor: ninguém bate no que não enxerga.) Já teve que se proteger. Várias vezes. Uma vez um homem perguntou você é homem ou mulher. É linda, vem cá mulher. Sou homem, falou, sou homem, repetiu, sou homem, falou, enquanto chegava mais perto, o cara todo ouriçado, dava para sentir, o pelo arrepiado, as mãos inteiras, o peito, sou homem, vem aqui gostosa, ele falou. Ficou caído no chão.

Para golpear o olho, melhor os dedos estendidos, as mãos em garra felina, se a chave não estiver por perto. Deve-se ter cuidado para não se machucar. (Se estiver com a chave, use-a direto nos olhos.)

Gosta quando sai um pouco de sangue, quando cai um dente, quando o lábio do lutador incha e o olho fica roxo. O antebraço escudo e mola, as mãos estilingue. A base da garganta. Dizem que sufoca, se você acertar com as pontas dos dedos a base da garganta. (Se o cara for alto, com a base da mão. Ou cotovelo.)

O Edson tem muita garra, a gente vê na clavícula, na curvatura dos ombros, nos pés ligeiros. Sabe o que é isso? Garra.

Elástico feito peixe, preciso que nem vespa.

Algumas cicatrizes das lutas que já brigou. O Edson não pode lutar. Por enquanto.

Ele diz, se olhando no espelho: sabe o que é isso? (Levanta a blusa, encolhe a barriga, conta as costelas.) Aponta as costelas:

Foi aqui que eu nasci.

ANÚNCIO

Tiramos os pelos da perna, da sobrancelha e do cu. Depilação completa, egípcia. Tiramos calos, peles, cutículas, buço e axilas. Tiramos os poros da pele, a pele do corpo. Esfoliação, peeling. Drenamos e modelamos. Tiramos a cor dos cabelos e os cachos. Chapinha, progressiva, não usamos formol. Tiramos os pelos das costas, da barriga, rugas e marcas de expressão. Tiramos o escuro dos dentes, o torto dos dentes e os dentes do siso. Tiramos gorduras, coxas, ancas, barrigas, braços e costas. Celulite, cicatriz, tatuagem. As sardas do rosto, as estrias da perna, parte da bunda, dos seios. Uma costela.

Aceitamos pagto. em parcelas.

SAMANTHA

*Eu vi todos os feitos
Que se fazem sob o sol
E eis tudo névoa-nada e fome-de-vento.*
Qohelet – O Que Sabe
(trad. Haroldo de Campos)

*Ao Léo, que me falou das nuvens
de nada, meu tempo de amor.*

Eu estava feliz, tê-la comigo, Samantha, embora, às vezes, um arrepio na espinha e contava no jogar dos dados os anos futuros, pólen ao vento, na sombra da luz as horas dos dias, o repicar da existência sobre a pele, segundo a segundo, dançávamos e cantávamos, o mesmo sol a mesma lua, quanto tempo, qual nossa cota de números dos nossos dias de vida.

Cheia de olhares pedintes faceiros, Samantha apareceu dengosa, arisca, o rabo para cima e pelos caramelos nas coxas douradas, a pele lisa de asa de pássaro, olhos de íris cheia, redonda lubrificada, ébano lustrado, Samantha não andou, trotou em minha direção, grandes orelhas pontudas sob os cabelos louros polidos em curva para o pescoço, era uma mulher dentre todas as criaturas, cadela sem dono, veio inteira lambida, égua recém-nascida, equilibrista no céu.

A garrafa gelada, zero negativo, não quero, obrigada, vem, Samantha, bebe um gole mulher leoa, a calcinha dava para ver, uma parte da calcinha, asa delta sob jeans, os cabelos e tomara que caia, penugem avelã, Samantha, a calcinha vermelha de Samantha sobre o eixo bunda coração. Cachorra, uma pinta na boca, o nariz pontudo e os dentes abertos, a língua de fora, fiquei em pé, parado, quer cerveja, posso te pagar uma bebida, te dar o mundo inteiro, vem, como é seu nome, Samantha Feiticeira, tá bem gelada, prova, minha água de coco.

Samantha cavalgada, quadril vai e vem, lombo de égua caramelo, toda dourada, mulher de encher a cama, banquete de quatrocentos talheres, destino e ponte, abriu as pernas e a testa no chão, eu sabia que a gente ia encaixar perfeito, meu amor, amor não, me chama de puta, cadela gostosa, Samantha Potranca, encaixe perfeito.

Olhos inteiros, redonda de saliva, Samantha veio deitou aos meus pés, dormiu, os cabelos em dedos, Samantha de mil braços, no descanso do voo adormecemos, nas cavernas de lençóis de água, respiramos silêncio e breu. Não falávamos, palácio de cristal fino, pista de gelo, os dedos sobre o bojo do copo cristal em orquestra fina, feixes de luz sobre a terra entre galhos e gotas de folhas confete cipó serpentina, tomamos café da manhã. A colher pesada pequena, tão pequena, menor que o dedo mindinho, filigrana de prata, Samantha estouro, os pelos castanhos entre as pernas cruzadas, chinelo de dedo que lambo esse pezinho inteiro, minha dona espanhola, o cabo da colher em coque, flamenca sobre o pires de porcelana papel, fica, casca de ovo, os dedos de prata o aro em reviravolta, fica, ouro sobre azul, mais um dia, e dedos escorregadios sobre o bojo da xícara, fico, xicarazinha, xicrinha, outro dia, xicarazinha, te quero, e o cheiro jambo do café, hoje, por entre os lábios de fruta, vem, fica, fico, veio de ouro em mina de prata.

Laranjas, queijos, pães o mundo inteiro para você, meu amor, come, bebe, acompanha as gaivotas que gritam no mar, Samantha, come chocolates, lambuza-te do mel, minha ursa, que te sorvo inteira, minha flor do cerrado, cisne flamingo, pescoço e pernas, fome ventania de dias e noites e uma manhã partimos o mamão ao meio, promessa de pérolas negras abrimos o mamão em dois entre sucos e gomos de laranjas ouro, um grito na fenda, tá passado, amassado no tempo o calor sobre a carne mel, mas o mamão, papaia, estragou. Deixamos a fruta ao sol, comedouro inventado para pássaros cantores. Os olhos riscados de Samantha, cada vez mais séria, compenetrada nos mecanismos dos dias das noites, a coluna em curva caracol, carnaval do meu jardim, por exemplo, tomava café e era o sol em caco de vidro caído no asfalto.

O ar quente estourado em bolhas de ar, nuvem branca de leite em formação de flores de cinco pétalas, a espuma gotejante a escorregar pelas mãos as pernas, um dedo, um nada, colar de pérolas na xícara de café, xicarazinha, xicrinha, e com uma faca, um palito talvez fosse melhor, um risco no meio da espuma e a faca arrasta leva consigo e forma o rabo coração, mandalas de vento por toda a manhã. Cinco vezes pétalas em flor sobre a terra, a língua, o céu da boca, sob os dentes em cima, bochecha, sorve, chupa a espuma equilibrista na colher, filigrana prateada entre os lábios, Samantha conta o ar em números primos e a mão tremeu e cinco pétalas em flor tsunami se espalharam sobre a mesa.

Vestido amarelo em carne laranja, berço de mil sementes dormentes envolvidas em fino bordado, geleia banquete ignorado por aves sem fome, o mamão na varanda. Formigas gigantes vermelhas, em marcha orquestrada fila indiana, encontraram a fruta ao sol, fruto e sumo para pássaros de alma transparente. Uma a uma, bêbadas de fermento, na paciência do andar milimétrico, tomaram o seu quinhão, pedaço a pedaço sobre o lombo açúcar, carregaram o saque laranja, quarenta ladrões.

Tenista elástica dourada, polvilho azedo e doce, a risada de Samantha sacudia pólens sobre flores e, no ano seguinte, os lírios em pétalas abertas de sol, os lírios transbordariam no ano em que florescessem. Era fechar a mão e a colher desaparecia entre as nódoas dos dedos, falanges, cada uma, a colherinha nas mãos da minha deusa, apanha um tanto da espuma do leite, gordura e ar dissolvidos na língua, alvura em microbolhas sobre grãos negros de água fervente, o cheiro amargo doce entre os lábios de Samantha e uma formiga atravessou a toalha xadrez e alcançou o joelho artelho direito das pernas cruzadas da minha flor, rio da minha vida, vem desaguar nesse mar que é seu.

Na madrugada, o assalto saúva ao mamão derretido, lascas laranjas flutuaram em fila serpenteio na toalha de flores, o mármore da pia, os pés da mesa, a marcha, o rumo, caminho de flecha no ar, pedaços inteiros para formigueiros distantes, casca e leite que também nunca limpamos, ouriçada, o bigode de espuma por sobre os pelos caramelos, Samantha açoite.

Açúcar queimado, partes gordas e finas, Samantha céu em cílios hipnose, olhos pedintes o sorriso, acordei e uma formiga passeava em seu lábio e se a boca estivesse aberta e fossem formigas saídas da boca, da língua e o olho morto de peixe, marcas de dedos no pescoço, mas era uma formiga que expulsei com um peteleco dos lábios de minha mulher egípcia, Samantha Cleópatra, beijamos e o mundo dissolveu entre dentes labirinto, Samantha úmida, pirâmide.

Conversávamos à sombra de nuvens e outra, mais uma formiga negra, a escalar a tíbia de minha deusa grega, estátua marfim, veia e força mil vezes polida, girassol de mil dentes, a formiga escalava e alcançou a cintura. Marinheira russa, um dia achei que sabia a sopa de beterraba e vodka, estávamos em alto-mar e as ondas antárticas em volta de nós, em voz alta em volta de nós, Samantha ventania e todas as palavras entre a névoa do cais.

Samantha chinesa chimpanzé e lá servem grilos fritos, formigas, farofa de formigas, um dia Samantha propôs, sim, e entre os dentes, sim, eu vi, eu achei que talvez sim, fiquei na dúvida, às vezes uma alface, um verde, tomate sobre o marfim revestido de esmalte, aceito, sim, mas o girassol se abriu e no canino, uma saúva, sim, entre os dentes que rasgam, Samantha leoa mastigava formigas.

Marinheira eslava, o chão não um chão, mas água em ondas de vento, lá e cá, e as formigas nadadoras a saírem pelas orelhas, entre goles do vinho palha, à luz girassol da fazenda, dardo em busca do olho do boi. Esplendor da avenida, axilas de asas, caverna e porto azul, todos os meus rios deságuam em você, beija-flor, Samantha, mas à noite, por entre os cabelos do astro, mil formigas passearam e aquela, que habitava os dentes, à noite acenou para mim, em meio ao sorriso ao sonho, as antenas curvas e a pata a exercitar as cinco alavancas artrópodes.

Sabia suas vogais e movimentos consoantes, as axilas à mostra, os braços em pelo caramelo de Samantha, para cima, passeio no jardim entre braços de penugem pássara, cinco formigas ali, a pele vermelha, inchada, papaia em flor. Samantha remava entre lençóis de ondas do mar sem fim, cascata cachoeira, uma bolota, outra, picadas alergia, formiga, vermelho, tecíamos histórias entre becos sujos e palácios árabes, comíamos damascos e amávamos entre tendas e camelos, lacerados sob as estrelas do deserto, sob o céu que nos protege a lua na varanda e nos pés de areia, as formigas atravessaram nossa tapeçaria e repousaram em cada um dos dedos, Samantha mármore, mulher entre as mulheres.

A bunda frita da formiga saúva. Dourada adorada. Bailarina veludo, rodopiava sobre mim entre rendas reviravoltas. Nas pontas dos pés tecia laços a novelar-me em rodamoinhos de lã cobre, formigas ao corpo em sobrevoo torvelinho, bastava relaxar, que os nós afrouxavam, dona leoa e domadora, sentíamos os ferrões pelo corpo inteiro.

Ah, ratinha... céu de leite fervido, tule de nata porcelana, sol sob a calça branca apertada, a calcinha a voar, pendurada na crista ilíaca dos quadris, ali também caminho, pedaços ao formigueiro. Samantha negativa, ausência e me faltava o ar, o chão, o tino enquanto desenhava espuma de nuvens, a pele cruzada, os pés havaianos, sobre o quente negror do café, uma formiga na virilha, emaranhada entre os fios de ouro. Cada formiga dois ferrões, o caminho entre costelas, pedaços de omoplata e asas no calcanhar.

A água teto cintilante onde as sombras de nosso valseio, a bunda para cima coração Samantha de pernas infinitas, sombra de girassóis de mil sementes no balido da noite, o focinho sobre as patas, Samantha à sombra de meteoros, mamão, açúcar. Trazia na pele joaninhas, gafanhotos, zumbidos, mas a formiga entre os dentes, cabelos, dedos dos pés, virilha, axilas, as formigas nas unhas do meu amor, ovelha ferroada.

A terra para sempre. O sol aspirante nascido no oeste, o velho oeste rumo ao sul ventania, Samantha porta e tarefa, fome de vento, sumíamos entre lençóis d'água a irrigar nosso chão, as formigas nas mãos inteiras em linhas sobre unhas de curva afiada, a lixa cuidadosa sempre ao alcance dos dedos, o branco da unha, flor esmeralda traçada por caminhos formigueiros, me beija fogosa, Samantha passarela, tomate e gula, afundávamos na terra, uma após outra, formigas de enormes bundas.

As pulseiras douradas de rua tilintavam sob a água abundante, as mãos em salvas de palmas quietas, saúvas encasteladas em bolhas de sabão, vapor, esfregou as mãos e olhou-se no espelho sem pressa, barro e lama entre pastos e uma formiga nos olhos, cabelo açúcar, repasto, vem, cadela gostosa, me leva no voo da asa delta.

Eu estava feliz, tê-la comigo, Samantha, um arrepio na espinha, no jogar dos dados as horas do dia, nuvens pisadas fermentadas em dança de pés raparigas, o repicar do álcool em cachos de uva em vinho, segundo a segundo, repletos um do outro do ar do sol, dançávamos e cantávamos o sol a lua, e quanto tempo, qual nossa cota de números enterrados no ar, Samantha em pedaços, repasto formigueiro, mamão cabelo sobre a pele laranja, na certeza da terra.

DO AR

> Acontece muitas vezes que a velha terra
> fendida nas sepulturas
> a uma hora misteriosa e propícia
> se transforma num imenso rebanho de
> montes e colinas;
> e a rocha abrupta vista no horizonte
> entrega-se, doce, às nuvens;
> e as águas livres, que há milhares de anos
> viviam aprisionadas dentro
> dos gelos eternos,
> correm em forma de rio.
>
> JORGE DE LIMA,
> *Anunciação e Encontro de Mira-Cel*

ÀS VEZES, O TEMPO

Feriado dia santo. A gente sabia. Ainda assim. A gente foi.

Sentamos no terraço e fazia um dia fino. Todo o mundo e nós. Era verão, três da tarde, almoçávamos fora e outro dia: outro dia nos amávamos tanto. Éramos bons, não tínhamos pressa. Viver sem pressa, outro dia foi assim, mas.

Estávamos no terraço – as árvores e o sol. Era o dia dos mortos e por isso a cidade vazia. Saímos e fomos almoçar.

Quem era ali não sei mais não lembro esqueci. Ou perdi. Sempre. O que conversamos quais palavras. Não lembro não conheço. Um dia conheci e tanto e tão bem. Mas.

Conversamos muito, porque e sempre. Não lembro nosso assunto e tenho esse dia inteiro em mim quando eu. Tomamos todo o vinho inteiro e talvez comentamos a comida o tempo o sol. Não lembro qual roupa usava. Não lembro se ele tinha cabelo comprido ou curto.

Sabia dele criança, o nome, o brinquedo, o primeiro emprego, o irmão. Ele também. Que eu ficava um dia inteiro. Sabia que fiquei assim um ano, sem sair do sofá. E ele me ajudou, me chamando de luz. Sabíamos um do outro sempre.

E não.
Ele contou que andava chateado, mas que agora não e que me amava tanto. Eu não respondi nada e pensei eu não pensei eu não eu não te amo. E ele viu. Viu todo o meu pensamento e nos olhamos
não lembro mais.
Não acertava a senha do cartão, débito. Errava os números
e   quase
pedi desculpas, moço, é que estou me separando. Entramos no carro, eu tinha um carro branco.
Mas não. Era um corsa cinza que nunca combinou comigo. Ou não. Ainda tinha o gol branco. Sempre.
Era uma tarde e o sol dormia. Três da tarde. O sol fino e eu não respondi. Fiquei quieta e ele. Não sei não lembro se conversamos. Ou se já havíamos conversado e agora.
Entramos no carro e fomos para casa. Pensava é a última vez, o caminho tão conhecido.
A gente sabia. E ficamos os dois. Uma hora no carro, fechados no carro, porque a gente não conseguia sair, abrir a porta, pegar a chave, subir a escada e encontrar os gatos. A gente sabia. Eu queria lembrar, e lembrei. Estávamos tão mudos e depois da hora inteira eu falei, eu disse eu vou para a casa do meu pai. Você fica.
Eu arrumava as coisas e ele deitado na cama e disse vem e ficamos juntos um pouco. Abraçados porque era tanta coisa: junta vinte anos.
Fiz a mala. A mala era grande. Não lembro como desci.

OVO FRITO

Use manteiga com sal. Derreta a manteiga, fogo baixo.
Frigideira de ferro, ou fundo grosso, ou não.
Não deixe a manteiga queimar. Quebre o ovo com segurança.
Nunca aumente o fogo. Quando a clara ficar opaca o ovo está quase pronto. Um pouco mais e seu ovo está pronto.
boa manteiga.
ovos de galinhas felizes.
Flores de sal.
Pimenta do reino, moída na hora.
Branco e amarelo. Lascas de parmesão, na faca.
Pão francês.

ESPUMA

Aí você vem e eu tenho cinco champanhes e você bebe cinco champanhes e eu bebo cinco champanhes. Você fala uma língua estrangeira e eu entendo pouco, mas você parece o rei da Suécia.

Aí você vem me olha eu olho fiz canapés, mas finjo que não que é para todo mundo que é para os meus amigos, mas é para você ver e me ver e você me olha e eu olho você e uma hora o dedo mindinho e aí mais nada porque a noite é muita, mas falta coragem.

Aí você vem e eu sozinha de camisola rendada vermelha bordô, não, de camiseta branca e calcinha, não, vestida de jeans e camiseta, não, de vestido preto, não, saia e sandália, não, e eu não atendo a porta porque não tenho o que vestir.

Aí você vem corre bebe e você e eu a gente e você me conta da vida inteira e você me olha e eu tiro os sapatos e você tira os sapatos e eu encosto o meu pé no seu enquanto você fala eu penso em você e você vai embora e agradece a tarde tão agradável.

Aí você vem um dia de surpresa de tanta saudade e não aguenta mais viver nem comer nem respirar nem ser nem falar nem um dia mais sem mim e pega a minha mão, e aí, por exemplo, mexe nos meus cabelos e aí, por exemplo, olha para as minhas omoplatas e diz:

que beleza de omoplatas!

VENTO

O piano toca em duo: violino, piano. Sozinha à noite, uma senhora na rede, o coque preso, o cabelo branco longo, as sobrancelhas grossas negras taturanas em arco sobre os olhos, olhos de leopardo, rosto sóbrio de rugas inteiras.

São três senhores na sala. Cada um ocupa uma poltrona. Ao centro, em uma mesa, um jogo de xadrez. Os três olham para o tabuleiro, contemplando a próxima jogada. Um tem bigode, óculos de aro fino redondo, cabelo grisalho, boina. Outro é um velho esguio e alto, girafa. Fuma cachimbo e ri fino pelo canto da boca. O terceiro bebe uísque, sonolento, o papo gordo sem pescoço. Estão há muito tempo em silêncio e poderia ser uma pintura congelada, de velhos amigos medievais.

Acontece de repente e nem dá para saber nada, não dá para saber quando onde como.

Sabe-se quem.

Não dá para saber como por quê.

Seu Almiro aparece para medir as janelas. As novas janelas.

Seu Almiro explica a diferença entre fibra de vidro e PVC, as vantagens do alumínio emborrachado e as técnicas de vedação escocesa.

Ela escuta e confia nele como quem confia em bombeiro. Fala que bom que você existe. Ele descansa os olhos inteiros nela. O sol atravessa o vidro em carinho leve sedaçafrão. Aqui tá gostoso. Ele fecha os olhos e levanta o rosto, fecha os olhos e respira o sol.

Mas ela.
Desde criança, quando se enganou pela primeira e última vez. Nunca parou de desconfiar.

E os velhos.

Os velhos sabem que nenhum deles será o escolhido. Os velhos sabem. E jogam xadrez, fumam cachimbo, conversam da vida enquanto observam, observam a bela senhora que recebe, agora, o técnico da janela:

Seu Almiro chega e ela fala sem parar, explica, conta a vida, o marido, as crianças, a Europa, a janela, preciso trocar a janela, o vento levou minhas esquadrias, faço ioga, nunca mais acreditei, desde aquele dia, seu Almiro.

Nunca mais, minha senhora?

Ela pensa:
O sol, o pescoço, o super-homem, o sol no meu pescoço.

Mas fala:
Nunca mais, seu Almiro.

Ele pensa:
Essa mulher não sabe se divertir.

Mas fala:
Que pena.

O seu Almiro chega. Claudia, de sobrancelhas, abre a porta, retira os óculos:
O seu Almiro parece o super-homem.

Você pode ler pensamentos?

Os dois no céu.

Super-homem cabelo preto maxilar quadrado sorriso topete olhos verdes. A roupa azul e vermelha. E a Fortaleza da Solidão. E qual homem, qual homem faz a terra girar ao contrário para que a mulher não morra sufocada sob escombros?
Seu Almiro a pega pela cintura, finge que vai falar sobre o parapeito, dá um impulso e voa em direção ao céu. Ela fica com medo, escorrega, mas está de mãos dadas com o super-homem no céu. Ela pensa para que ele escute:

Você sabe no que eu estou pensando? Estou pensando no filme do super-homem, estou pensando em sexo, estou pensando que pena que você não sabe ler pensamentos.

Claudia bebe um copo de vinho. Sai da rede, arruma o coque, ajeita o rosto, recebe o homem que veio conversar sobre janelas. Claudia fala: sente o sol.

Abre a porta, descalça, tira os óculos, as costas salpicadas de água e sardas, acha bom, entre, seu Arlindo. Desculpa, seu Almiro, confundo os nomes e logo Claudia tem certeza que riem dela, que estúpida.

Acontece que o homem das janelas era que nem o super-homem.

Pensa em pernas, pensa em voar. Conversa sobre PVC, alumínio, esquadrias e correias.

Seu Almiro vai embora.

Antes de sair, repara no quadro:

três velhos jogam xadrez.

GUACAMOLE

Abacates maduros. Corte-os ao meio, retire o caroço, retire o abacate da casca. Guarde as cascas, partidas ao meio, servem de pote. Pique o abacate em pedaços minúsculos, quase esmagados, mas não. Pique um tanto de cebola roxa, em fatias finíssimas, transparentes. Pedacinhos de tomates muito vermelhos. Sal. Pimenta vermelha, um tico de limão. Coentro. Sirva na casca reservada.

NUVEM

Olhou as coisas (não reparou). A vista, o apartamento (sofá finlandês), a cama (presente da avó). Prédio antigo, reformado, cozinha americana, azulejo hidráulico, sensível (não sabia nada). Um homem sensível. E bacana (acordou – olhou o mundo – achou que era bom).

Um cara legal. O cara legal, bom gosto, as suas coisas, era como se cada uma tivesse uma história para contar (vintage).

Que nada (logo mais, todas elas).

Ele olhou, mas não viu (foi assim:)

Levantou, saudou ao sol (ashtanga lunar) e caminhou sem se dar conta (piso de taco). O café cafeteira italiana, grãos de café (Fazenda do Paraguaçu Amarelo). O aparelho de moer grãos. Granola (como se tudo estivesse bem).

Iogurte, faz o próprio iogurte, fica incrível, dá para cortar com a faca (Faca). Fez carinho no cachorro (Retriever Dourado Prata).

Ele estava desatento (ou não).

O fato é que não percebeu (reparava pouco).

Desceu as escadas (ainda não sabia). Térreo. Não tem carro, anda de bike (anjo), anjo da bike – domingo, ali na Paulista, eles te ensinam a andar de bicicleta (bike), curam seu medo (não prestou atenção), ele te ensina a andar de bicicleta (é bike anjo). Criança também (todo mundo). É legal (na Praça dos Arcos). Ele é o cara legal.

(um pouco burro).

(ainda não tinha tomado ciência).

Desceu as escadas. Usa as escadas. Bom para as pernas (panturrilhas). Não reparou, não prestou atenção (alongadas). Desceu (as escadas) para nunca mais (mais).

Distraído, não viu, não ouviu, não percebeu, não notou, não reparou (nunca) que era aquela (aquela) a chance e que se (talvez), naquele segundo, naquele momento, ele tivesse, (sei lá), por exemplo, falado (eu te amo), tudo ficaria bem (eu te amo).

Mas não.
Desceu as escadas.
Não viu.
Não reparou.
(Mais tarde, chorou de saudades.)

OCEANIA

Maria perambulava pela casa, entretida na organização da noite, o cotovelo em arco, sempre uma taça entre os dedos esquerdos da mão, entre a cadeira e a pia, a geladeira e o sofá, rodopiava os guardanapos em leque sobre a mesa, a jarra de água, as almofadas, as taças em punho. Se não prestasse atenção, Rita não entendia, afinal de contas, sobre o que a Maria estava falando:

Acabou para mim, Rita. É um fato. Cada um tem uma cota. De amor. De pessoas com quem se juntar na vida, amar. Cada um tem uma cota e um tempo. A cota que aguenta, o tempo que resta. Para mim, acabou.

Mas o Antônio vem, Maria, já estava combinado lembra e eu chamei eu lembrei, ele vem, ele vem e você podia aproveitar.

Olha como eu tô, Rita, não consigo tocar nessas taças, não sei onde deixá-las, como arrumar a mesa, para de me olhar assim, Rita.

Rita admirava a amiga bailarina entre taças e guardanapos espirais. Talvez fosse legal ajudar, sei lá, levar uma coisa pra mesa, palitos de dente, colheres. Mas e se a gente trabalhou o dia inteiro, ficou, por exemplo, em pé ou nem isso, simplesmente quer ficar só olhando, enquanto os outros trabalham? Maria, você com essas taças de cristal tá igualzinha à Sandra com os filhotes da Dido. Maria interrompeu, por um instante, a curvatura do andar. Dido? A Rita sempre faz isso, fala os nomes das pessoas e acha que a gente sabe exatamente de quem ela tá falando, e bem que ela podia ajudar, trazer, por exemplo, a cesta de pão para a mesa.

Quem é a Dido, Rita?

Ah, Maria, a Dido, a minha gata, você cansou de fazer carinho nela, lembra? Ela teve três filhotes. Enfim, os filhotinhos ficam na área de serviço, enrodilhados, tateando o mundinho dos panos, da cesta, mamando, ainda nem abriram os olhos. A Sandra tá fascinada, o dia inteiro com eles pra cima e pra baixo. Pega um e anda pela casa, mostra o mundo, entra no banheiro e explica: privada, xixi, papel.

Maria retomou os passos em direção à mesa, a Rita deixa a filha fazer tudo o que quer. A Sandra tem o quê? Cinco anos? Coitados dos gatinhos, então quer dizer que o Antônio vem.

Poxa, eu sei, Rita, as taças, eu sempre exagero, não precisava tudo isso, mas a vitrine de cristais. Parecia Natal. E o lojista, o lojista falava da maneira certa, Rita, você precisa ouvir a voz dele, ele segurou a taça e falou: abaulada. Aí ele falou: grávida de segredos.

O que que ele disse?

Ele falou, uma bela taça abaulada de vinho está sempre grávida de segredos.

Maria... você caiu na conversa do homem...

Quando a gente toma vinho nessa taça, a gente vai descobrindo os segredos do vinho.

Grávida de segredos?

Rita, tem mais, olha só, espera. Ele falou, ele falou que na loja eles promoveram uma degustação e fizeram o teste: o mesmo vinho em uma taça, depois noutra. Na primeira, todos perceberam compota de ruibarbo, roseira brava e papoula moída.

Ruibarbo?

É. Depois eles tomaram o mesmo vinho numa taça normal.

O que é ruibarbo?

Rita, olha só, espera, deixa eu contar, no copo normal ninguém sentiu cheiro de nada.

Papoula moída?

Comprei o jogo inteiro. E vou ficar a noite inteira andando, circulando como se tivesse um gato recém-nascido nas mãos. E vou olhar para a taça abaulada e pensar: grávida de segredos, camomila, feno molhado e uvas podres.

Ele falou isso?

A palheta olfativa eu estudei depois, em casa. Ele falou da taça abaulada, grávida de segredos.

Maria, você devia ficar com o Antônio.

Não, Rita. Nunca mais vou ficar com alguém. Não tem jeito, eu sou a Yoko. Imagina a Yoko namorando outra pessoa depois do John? Você já viu a Yoko com alguém? Com outra pessoa?

A Yoko é uma chata, Maria, você é legal.

Já chega, Rita. Já chega. E olha só, interfone, só falta ser o Antônio e ele chega antes e sobre o que, sobre o que a gente fala, conversa?

À espera da campainha, no tempo do elevador, Maria tirou o avental, arrumou os cabelos, trocou os sapatos, a mesa posta, a Rita firme, sentada no sofá.

Era a Paula.

Paula contemplou a louça nova brilhando e aplaudiu. Se estivessem no circo e fosse o show do ilusionista, não ficaria tão feliz. Era assim, sempre exagerava e todos depois diziam que ela se empolgava demais, mas era difícil conter o nervoso, fazia o quê? Dois anos. Há dois anos não se reuniam todos novamente na casa da Maria. Olha só, ela até comprou taças novas, legal pra caramba, Maria, lindas taças e batom e que bom, dois anos e passa, né? Não, Paula, não passa, é uma ausência para sempre.

O Cícero chegou paramentado: gravata e valises. Nas valises, descansers, decanters, containers, termômetros, baldinhos, corta-gotas, salva-gotas e saca-rolhas. Blocos, anotações, tabelas.

Maria, Paula e Rita observaram, admiradas, a disposição dos objetos sobre a toalha branca, será que a gente vai ganhar bloquinho? A dona da casa contempla o conjunto abaulado ao lado das garrafas que ali descansam. Era assim, o Cícero explicou, os vinhos, abertos, devem descansar. Adoro bloquinhos! falou Rita.

Só falta o Antônio, era ele no interfone, sobe, Antônio, e Maria perdeu o ar, fazia tempo pensava no Antônio, como faria, como seria, os braços do Antônio, ia dormir e pensava no cheiro do Antônio e ele estava vindo, estava subindo, ia entrar na casa dela. Viúva.

Poxa, obrigada, Antônio; lindas flores e de que maneira, de que maneira falar obrigado pelas flores, mas esse vinho é doce demais.

Ocuparam a sala na fala pequena de início de noite, que linda a mesa, poxa, bloquinhos? Oba! Os tempos da escola, quando Maria gostava de escrever cadernos inteiros e depois apontar o lápis e cobrir cada linha em nova caligrafia. E aí? Beleza? Nasceram os filhotes da Dido, a Sandra tá que não se aguenta, e a Rita e a Paula procuram não olhar tanto para a Maria, o Antônio.

Blocos, lápis, e o caminho da noite: do novo ao velho, dos brancos aos tintos. Começando pelos espumantes.

Oba! Adoro champanhe!

Não é champanhe, Paula. É espumante.

Sim, espumante, e observem a pelááááge, a espuma espiralada em esferas circulares, a peláge do espumante nos copos longos, as borbulhas em busca do ar, fumaça esvoaçante de capim cortado.

Já pode beber?, perguntou Antônio.

Vamos brindar! A Paula sempre em exclamação, os olhos muito abertos, todos brindam, gente, parece que a gente tá num filme, né? Tinham que se olhar nos olhos. Maria havia aprendido que, quando se brinda, se olha nos olhos, mas não olham, os copos nem se encostam, e ela falou tem que se olhar enquanto brinda, mas falou baixo, de novo, ou fingiram que não escutaram, de novo.

A Paula fechou os olhos após o brinde, pronta para os segredos, mas você pode olhar, Paula, ainda não é hora de fechar os olhos, Paula. Abre os olhos, Paula, e fala aí mexerica, bicho da seda, mas Paula não se abala e busca nas nuvens voláteis cada um dos guardados.

Opa! Couve, chucrute e tomate!

De fato, Paula, há um sabor azedo no espumante, algo amargo da couve, e Maria queria saber se couve era amarga, amargo é escarola e a Rita não cabe em si, até cruzou as pernas no sofá, comprida no linho branco, o amarelo-palha nas mãos, o Antônio já tomou toda a taça dele, o Antônio na cachoeira.

Paula, lembra daquela vez na praia, a gente tava no meio de uma trilha infinita e no meio da trilha apareceu uma cachoeira linda e a gente tomou banho e ficou lá um tempão, lembra daquela cachoeira?

As taças em curva e Antônio falou: odeio chucrute.

Maria, oblíqua, queria a cachoeira, a champanhe parecia uma cachoeira, mas o chucrute, o tomate, as taças abauladas sob a luz:

Piscina esmeralda ou palha texana?, e Antônio pensou na Maria nua sob a cachoeira.

Segure sua taça pela haste, Maria. Você não quer esquentar a bebida, quer?

Maria foi à cozinha, pegar água, pão, não quero, longe de mim, estragar a bebida, o espumante, a noite, as coisas, as cachoeiras, mas a trilha, eu fiz com o Paulo, nossa última viagem, acabou o guardanapo.

Da cozinha ao sofá, pensou que diferença, mas que diferença entre o que a gente imagina e as coisas de verdade. Pensou que bom seria deitar um pouco, se esticar e quem sabe ver uma série de tevê; segurou a taça pela haste, que palavra linda, haste, mas o tempo o espaço e se o Antônio, por exemplo, beber tanto hoje que não puder voltar para casa? E se o Antônio, por exemplo, ficasse para dormir? Onde dormiriam? Quero mais champanhe. No caminho do pão à mesa, a cama em que dormiu nos dez anos casada.

Não podiam usar adjetivos, falar que delícia. Era essa a segunda lição.
Novo vinho, novas taças. Bem que a Rita, sei lá, podia, sei lá, ajudar, mas não, está parafusada no sofá, bem em frente ao Cícero, o decote mais poderoso, quero ver quando ela precisar fazer xixi, quero ver, vou lá e sento no lugar dela, primeiro lugar da plateia, e não saio mais e as pessoas, as pessoas que se virem, que eu já ofereci a casa, pessoal folgado do cacete, mais champanhe, por favor, obrigada, Antônio, parece que vai cair uma tempestade, né? A sala pequena, os dois juntos, tão juntos, mas não: o tempo, a cota.
Austrália?
Sim, Maria. Entraremos agora no Universo dos Vinhos do Novo Mundo: Austrália.
Qual a vegetação da Austrália?
Savana?
Deserto?
Vamos nos concentrar, Maria? Estes são os vinhos do Novo Mundo.
Pena, pena que só se falava "oh" em literatura, porque nessa hora dava muita muita vontade de se falar oh, e a Paula, a Paula respirava e parecia querer absorver cada palavra, cada lição do Cícero com o corpo inteiro, obedecia em gesto coreografado cada novo passo do caminho. Observem a cor do vinho, a opacidade, o brilho, a untuosidade.
Quanta coisa!, exclamou a Paula, incerta.
Maria Argêntea havia conseguido as melhores taças do mundo, livres de cristais de chumbo. Sério, pessoal, por onde pulam os cangurus?

Cada aula um copo. O Cícero aprovou tanto, gostou tanto das taças abauladas que disse agora somos os réus dos cristais, a cada mês, formatos e tamanhos de novos bojos, taças cristal. Aplaudiram e Maria Argêntea enrubesceu enquanto pensava que coisa, consegui.

Uma grata novidade no mundo da enologia, os vinhos advindos da Austrália. Apesar de enraizados no Novo Mundo, estão aqui alguns dos vinhedos mais antigos do globo, estabelecidos em meados do século XIX – quando a Europa passou a ter que destruir suas plantações por conta de uma praga que se espalhou por quase todo o planeta, a filoxera, poupando a isolada Oceania.

Maria observou a taça abaulada. Não sabia nada sobre a Austrália. Lavou uma a uma. Pior que lavar, foi secar. O que é untuosidade? Os panos deixam sempre rastros de lã, linho, minúsculos fios ao redor da borda, à luz da lâmpada amarela, ainda dava para ver, os fiapos.

Os narizes nas taças. Lã molhada, solo de floresta. Oceania.

Antes da tarde de hoje, Maria não sabia que alguns cristais continham chumbo. Uma vez, na conversa com o médico, ele falou você está dispersa e ela corrigiu ela explicou dispersa não, estou pesada, estou compacta, estou como chumbo afundando no mar. Era um conjunto vazio, não sabia o que era ruibarbo nem como cheirava lã molhada ou solo de floresta, não sabia nada sobre a Austrália e não tinha, ainda, trocado o colchão de casada.

Tem floresta na Austrália?

Não dispersa, Maria. Você tá muito dispersa, sério.

Eu sempre quis conhecer a Austrália, falou Antônio, mas a Maria não ouviu.

A taça, as cores, o tom, moléculas, oxigênio, álcool, vapor. A Paula só falta pedir bis, os copos em rodopio de montanha-russa e todos os narizes nas taças grávidas: o corpo do cálice pauta o caminho. Suor de cavalo, poeira de estrada, pneu queimado e sol à sombra do nariz, mas uma taça caiu, deslizou entre os dedos, três dedos, na haste, deslizou, gente, não sei o que aconteceu, eu nem vi.

Sim, segura a taça pela haste, para não alterar a lucidez do cristal, a temperatura do vinho, procurou retomar Cícero, mas era em vão: Maria continuava parada, a taça partida no piso. Quebrou, congelada nos estilhaços, como se atacada por um enxame de abelhas.

Pedra úmida, brisa marinha, conchas esmagadas evaporaram nas mãos de Antônio que, entre a vassoura e a pazinha de lixo, escamoteava os cacos de cristal nas tábuas do chão.

Não coloquem produto de limpeza no pano, pediu Cícero, produtos de limpeza alteram toda a percepção.

Volúpias de noz, castanha, amêndoa.

A Paula levantou, ajudou também, cadê o pano, sei limpar bem cacos de vidro, não é assim, Antônio, tem jornal?

Novos estilhaços. Foi a saia da Paula, comprida, esbarrou, derrubou. Le-haim.

À segunda taça quebrada.

É mazel tov.

Que se diz.

Mais risos, poxa, poxa, uma tosse abafada, que coisa, poxa, eu mal levantei, a taça no chão, no pé, no sapato.

Não tem problema, Paula. Eu quebrei a minha também. Cinquenta e cinco minutos de aula, fora o preparo. Duas taças partidas. Vassoura, jornal, pano. Não tem mais jornal.

O Antônio aproveitou para beber do vinho australiano, iam passar para os tintos, para o mundo velho e havia sobrado meia garrafa, Maria percebeu, mas ficou com vergonha de falar que não só queria mais do australiano, mas que na verdade gostaria mesmo era de ficar na champanhe, que pena, espumante, tomar champanhe é tão bom.

Novas taças.

O Velho Mundo. Bordeaux.
Rato almiscarado.
Verniz, graxa de sapato, acetona, vinagre.

O Cícero retomou a fala, alto, solene na voz inteira, o preparo, o encorpado, o abrigo dos taninos, a borda fechada evita a dispersão de aromas, sintam, olhem, vejam, vinho de homem, excelente para se tomar acompanhado de carnes de caça. Pena a luz tão ruim, vamos acender mais luzes, e foi seguro à procura do interruptor e no caminho derrubou o copo que Rita também havia deixado no chão.

Arregalou o olho direito enquanto, com o olho esquerdo, espiou de lado, encolhido entre a testa e o nariz. Ele. O professor. Que nunca quebrou um copo em meio a uma degustação orientada antes. Desculpem, por favor.

Maria parou. Voltou. Aquele negócio que ela não conseguia não sabia controlar aquele negócio e começava na cabeça, um trem descarrilhado, o mundo inteiro latejando a partir de um acontecimento, no pescoço, não havia como prever, a existência impossível, uma constatação, o mundo era assim, o ombro tenso, as taças grávidas quebrando, uma a uma, era assim a vida, na vida, tinha muito azar, um destino assinalado no não, nada funciona, a dor de cabeça, nada dá certo e era incapaz de, sei lá, sentir um cheiro, por exemplo, ruibarbo, e era melhor, tão melhor, se todos fossem embora, a dor pelas costas, e não tem jornal, não tem onde embrulhar as taças quebradas, os ombros tensos, e o lixeiro amanhã, pobre lixeiro amanhã e quantas, quantas taças é possível quebrar numa única noite?

Devemos sentir o vinho com todas as partes da nossa língua. A ponta da língua, os lados da língua, o meio da língua. Cada parte da língua vai perceber um gosto diferente, amargo, doce.

O Antônio deu um gole no vinho e a gente podia ver, quase sentir, a língua dele se mexendo, o vinho para cá e para lá em meio ao céu da boca e será que o Antônio sabe? Para além dos anos viúva, os anos casada, namorada, ela contou, juntando tudo, o azedo do vinho, o doce, lado, frente e atrás da língua, enfim, fazia quinze anos que não beijava outra pessoa. Só conhecia na vida, praticamente, o beijo do Paulo.

A ponta da língua, na ponta da língua a untuosidade do vinho.

O que é untuosidade?

E o Cícero não soube explicar e falou da língua, a taça Bordeaux permite que a ponta da língua toque o vinho primeiro e Maria ouviu, sentiu o Antônio perto, muito perto, o Antônio falou quase sem abrir a boca, somente ela ouviu, cabeça, pescoço, ombro, o Antônio perto, muito perto, falando sobre o pescoço, entre as orelhas, uma fala só dela:

Maria, vamos quebrar mais copos?
Maria fingiu espirrar, se mexeu, e atirou a quarta taça pela janela.

Tá louca, Maria?
O Cícero no meio da língua, quase mordeu, foi o Antônio quem reparou:
O Cícero mordeu a língua.
Que louca...
Maria lembrou um dia antigamente que falaram que gorda, foi quando ela colocou geleia no bolinho, mas ela havia visto no programa de culinária, e se ela fosse magra tudo bem, mas quando a pessoa é gorda você não faz esse tipo de comentário, que gorda, ainda mais quando a pessoa tá na dela, assim, por exemplo, quieta, pegando um negócio e todo mundo vai lá e repara, e se não falam, pensam, que gorda, mas o Antônio chegou perto, mais perto, bem perto de novo, perguntou, tá tudo bem, perguntou, quer que quebre mais um e sem nem pensar, piscar, antes que desse conta, Maria inclinou o queixo em sim e Antônio soltou a quinta taça das mãos.

E Maria pegou a mão do Antônio como quem segura um gatinho recém-parido:
Olha, os estilhaços parecem a via láctea.
Não, pó de leite;
Não, diamante;
Não, cristal.

Em meio ao vaivém, vassoura, panos, cuidados, olha um caco ali, ouviram o pigarro. Quem ainda pigarreia para chamar atenção? Vamos voltar à aula, pessoal? Os dois se olharam, e Maria riu baixinho.

A Rita ainda não saiu do sofá e a Paula, poxa, a Paula tá ficando chateada, a vassoura, os panos nas mãos, tantos cacos de vidro, não fica chateada, Paula, deixa que eu limpo, depois a gente repõe as taças, tudo bem, e Paula olhou para Maria, os olhos abertos que a Paula tem.

As taças em balão permitem que a bebida tenha mais contato com o ar, que lindo, o balão voa pelo ar, bacana, a bebida, o Velho Mundo, as encostas francesas, mas não atrapalha, o Cícero, ele tá explicando, não pode usar adjetivo, lembra? Ai gente, vou no banheiro e Rita finalmente levantou-se.

Maria viu, não pôde deixar de ver, todos viram, o Antônio revirou a cabeça e o Cícero engasgou, mas só por um segundo, todos viram:

Havia três pingos vermelho-sangue sobre o sofá.

Acontece, mas e agora, como fazer, como fazer para avisar, olha só, acho que você manchou seu vestido, meu sofá, Rita, terra molhada, metal, ferro.

A Paula chegou, falou, vou sentar e verteu seu vinho sobre as manchas rubras e agora cangurus e segredos conversavam entre as estampas de flores.

Sal, talco, e água.

A Rita saiu do banheiro, o vestido molhado, mas nem viu, nem percebeu, nem teve tempo de se perguntar, de se desculpar, de checar se o sofá havia manchado também:

Olha só, Rita, mais um copo se foi, disse logo a Paula,

e meu sofá também, e Maria riu, e Rita e Paula, nossa senhora, é hoje hein, mas que delícia de vinho, e todos concordaram, bacana mesmo, enquanto Cícero continuava falando, a boca torta, a ponta da língua, tentem usar outras palavras, e quatro gotas de suor escorriam pela testa do Cícero:

Nervoso, cansaço, exercício, sexo, falou Antônio, enquanto bebia sobre os cacos cristal.

O vinho deve ficar inteiro na boca por dez a quinze segundos. A Rita contou, indicando com os dedos a passagem do tempo. O vinho deve passear pela ponta, lados e fundo da língua, fica um tempo no céu e depois, sim, você pode engolir e sempre nessa hora o Antônio ria e falava alguma coisa, alguma piada eu prefiro que engula, e você Maria, e sempre chegava mais perto, tão perto, ele não devia chegar assim tão perto, os copos, a aula, o Cícero, ele trouxe toda uma seleção de garrafas do Novo e do Velho Mundo.

O Cícero suava, um olho para cada lado, a degustação de um vinho deve fazer parte da Declaração dos Direitos Universais do Homem, deve ser tranquila e silenciosa, devia haver tempo de ver, cheirar, sentir e beber, uma celebração à história, à gastronomia, à civilização.

Raras vezes, Cícero, as coisas são como deveriam ser, Maria falou e Rita chegou junto da amiga, deu um abraço, falou obrigada, por ser minha amiga e atirou sua taça no chão em estouro cristal.

Paula veio para perto também e segurou firme na mão de Maria, e o ar lento, guardado no peito nos ombros, a mão da Paula puxou o ar guardado, respira, tudo bem, que coisa né, as taças quebradas, tantas, mas você viu que delícia o champanhe? E as três mulheres riram.

Antônio guardou silêncio, não comentou, não fez piada.

E essa vontade de chegar perto do Antônio? Conversar sobre os coalas, Austrália e a vontade de falar, Antônio, dorme aqui hoje,
    mas a gente fica no sofá,
    tá?

Fechou os olhos, aspirou lentamente, o nariz inteiro dentro do copo, e quis muito, entre vários goles, descansar. Dois, dez, quinze anos no tempo pretérito.

O Cícero revirou o copo o corpo, mas o vinho, olha, aprendam sobre a transparência das lágrimas, glicerina caju. Nos vinhos mais envelhecidos predominam aromas de animais em decomposição. A adstringência, a maciez, a untuosidade do vinho, ainda não entendi o que é untuoso. Use a língua, Maria, disse o Antônio e fez uma pausa, e engula, completou. Maria corou pela terceira vez e teve vontade de jogar de novo o copo pela janela, mas não tinha mais copo e a mão do Antônio encostou na mão dela.

Ai, que gostoso esse vinho! Rita adjetivou e se perdeu no sofá vermelho.

O Cícero, entre mundos novos e velhos, encostas e colinas, processos de maceração armazenagem e envelhecimento, segurava a última taça abaulada de segredos e perdiz.

Maria buscou a taça das mãos de Cícero.

A que havia sobrado.

Enrolou a taça no guardanapo de linho, e Cícero ficou em silêncio, assistindo ao ritual.

Paula e Rita levantaram também, juntas abraçadas, as duas, observaram os movimentos da amiga.

Maria, sem pressa, colocou a taça embrulhada no chão.
Deu a mão a Antônio.
Ambos pisaram,
pisaram na taça envolta em linho sobre o chão.
Ouviram o estilhaço,
e todos se olharam nos olhos tintos.

OUTRA RECEITA

Azeite quente. A linguiça no azeite quente, abaixe um pouco o fogo e deixe a linguiça escorrer todo o óleo até secar. Guarde o óleo, separe a linguiça. Cebola tomate alho-poró muito cortado. O tomate despetalado sem sementes, cubinhos. A carne de porco e a carne de frango, deixe um bom tempo, até dourar. Separe. A lula. Separe. Deixe a pele da lula, corte em rodelas, frite no mesmo óleo onde foi tudo. Rápido. Separe. O peixe. Aí coloque o arroz. E mexa. O caldo fervente. Os pimentões, tomates e as carnes todas. Em desenho de flor. Mais caldo, açafrão, para o arroz cozer. E bem no finalzinho, os camarões crus, com a casca, e regue com azeite. Os mexilhões por último. Até queimar um pouquinho. E cubra com papel-alumínio e deixe cinco minutos, forno 180 graus. Azeite abundante. Monstro das Neves.

E tire do forno, e regue com mais azeite. Chuva de salsinha.
Sinta os vapores.
Abra os vinhos.
E veja a beleza dos mexilhões abertos.

O ALMOÇO DE DOROTHEA

É domingo e Dorothea sai para comprar flores, o ar transparente em dia de chuva e sol. Dorothea sente o cheiro da água, o peso do ar. O almoço delineado faz tempo, formalizado há dias, criado na lua cheia, esboçado por meses. O preparo, os amigos, o trabalho, as flores, muitas flores, onde já se viu um almoço sem flores?

Gostaria de ter enviado convites escritos à mão, que chegassem à casa das pessoas, que ligariam de volta, confirmando a presença. Envelopes azuis, caneta tinteiro lilás, caligrafia cuidada. Lavandas do sítio dentro de cada envelope. E cada um receberia surpreso o convite, que bom, e depois pensaria, eu posso, e depois pensaria qual roupa e depois pensaria, paella?

Dorothea mal se aguenta de tanta euforia, as compras, elementos da terra, céu e mar. Colocaria assim no convite: elementos da terra, do céu e do mar, mas ficou envergonhada, o que diriam do convite, viadagem esse negócio de elementos, Dorothea desistiu. Dos convites. Não do almoço. Dorothea volta e meia fica envergonhada de suas ternuras e excessos, combina os guardanapos e pede desculpas, mas está tão feliz com seu almoço, o almoço de domingo, o almoço de domingo.

Segunda-feira, enquanto alonga as pernas, pilates, tíbia superior, lista as folhas: rúcula agrião silvestre alface rubi mimosa romana chicória grega crespa baby almeirão power house. No intervalo do trabalho, pula o almoço e entra na mercearia mais elegante da cidade, os produtos dispostos em caixas de madeira e cestas de palha. Dorothea compara azeites: doce extravirgem lampante límpido turvo amarelo-palha musgo dourado verde. Andorinha, Alentejo, Cardeal, Gigante, Galo, Pascal, Monstro das Neves. Azeitonas colhidas, maceradas, prensadas, decantadas.

Terça-feira, acorda assustada; os olhos abertos, pisca esbaforida, como se tivesse corrido muito e chegado a um lugar desconhecido: papel higiênico, não posso me esquecer do papel higiênico. E guardanapos.

Quarta-feira, outro estalo: sangria. Limão siciliano, taiti, vermelho rosa caipira selvagem. Abacaxis melados, maçãs estaladas, peras do Canadá. Nêsperas, pêssegos, damascos crespos dourados. Gelo filtrado cristalino, açúcar da terra, vinho tinto. Dorothea precisa de uma jarra de vidro transparente, talvez com relevos de uvas e flores, uma jarra grande, como de estátua.

Copos.

Quinta-feira sente sede durante a madrugada.

Levanta-se descalça e, quando queima os pés no chão frio, lembra-se: açúcar mascavo, demerara, integral. Café.

Salgado doce, crocante tenro, quente frio. Primeiro os secos. Os molhados aos poucos. Para que não embolote. Fogo alto, baixo, água mole, vapor, banho moça, banho-maria.

E as crianças? Criança chata chora não gosta de lula polvo. Ovo frito para a Laurinha. E os amigos com as crianças? O João sempre pede para ir na casa da Dorothea. Penne com tomates para o João. E mangas maduras. O João adora mangas maduras. A Laura adora ovos fritos.

Dorothea sabe fritar um ovo. Ah, isso ela sabe!

Sexta-feira tem insônia: talvez as pessoas não venham, talvez as pessoas não queiram vir. Passa a lista a limpo:

camarão lula peixe polvo, um inteiro enorme o maior que houver; frango, sobrecoxas desossadas sem pele várias; linguiças; porco.

Arroz.

O pensamento acerca da procedência, tamanho, forma e método do arroz a persegue. Parboilizado, fino, longo, redondo, oblíquo, malhado, mochi, sete léguas, mini, francês, tailandês, jasmim. Regado, mexido, parado, a água fervente, inteira, metade, oito vezes, a medida, a água, fria, morna, borbulhante, aos poucos, filtrada, inteira, meia, da torneira, do filtro, o caldo por cima, ao lado, ao forno. Dorothea está muito aflita, pois às vezes não se acha arroz parboilizado.

No sábado, compra pistilos de açafrão.

Abre a embalagem espanhola como quem quebra um ovo com pássaro dentro. Envoltos em papel de seda, vermelhos, os pistilos açafrão. Parecem ponteiros do relógio do sol. Como prepara açafrão?

Dorothea namora os pistilos embrulhados em papel de seda durante a tarde inteira. Contém-se para não penteá-los, cabelos de boneca monstro. Dorothea quer visitar uma plantação de açafrão, ver os homens colhendo os pistilos de açafrão, entre as pétalas das flores de açafrão em campos de açafrão, regiões, províncias onde se fala açafronês. Dorothea imagina homens espanhóis jogadores de futebol, a mão delicadeza em meio a uma plantação gigante, em meio às pétalas das flores, açafrão sobre a terra, o mar, o céu.

Dorothea é assim, capaz de ficar horas parada, pensando, pensando.

Como é a flor do açafrão?

E as mulheres servem suco de limão gelado aos homens aos braços às pernas de futebol e conversam sobre a vida rubi na varanda. Dorothea quer muito conhecer a Espanha. E a Grécia. As ilhas gregas e o mar. A cor do mar da Grécia. Dizem que é como nas fotos. E as sereias?

Dorothea sabe que também fica bonito o colorau, pó de intensa beleza escarlate.

Joga fora o colorau. É uma mulher de pistilos.

É domingo e Dorothea sai para comprar flores, o ar o sol a chuva, era o dia do almoço, o dia do almoço. Na feira, sacolas nas mãos, conversa com a velhinha dos temperos: alecrim fresco, por favor. E tomilho. Manjerona, umas folhas de louro, por favor, obrigada. E flores. Muitas flores. Brancas, flores brancas. Camarões e polvos, frangos e porcos, tomates e lulas.

Decide fazer um pudim de berinjelas. Acertar o ponto da massa. As quantidades. O tempo no forno. A textura.

É bom que haja uvas.

E queijos de cabra.

Um dia, quando chegou muito perto de uma cabra velha, viu que o chifre era retorcido, e o olho um risco, semirreta negra sobre o branco dos olhos. Como pode um ser da natureza ter no olho um paralelepípedo? As cabras são de outro mundo. Bichos deuses flautistas, quadrúpedes homens, bípedes bodes em dança de canto e vinho. Por isso o queijo tão bom. Há uma qualidade azeda no queijo da cabra. Azeda, aguda, e branca.

Assim ela fala para o queijeiro, enquanto degusta os queijos de cabra, mas ele não responde, fica sério, será que não entende o azedo, o branco, será que eu o ofendi, mas que homem chato, meu Deus, como é gostoso o queijo de cabra. Compra três variedades, mas não fala mais com o queijeiro.

A cor branca da cabra, a qualidade branca do queijo.

E todos os homens da Grécia.

Dorothea vê as alcachofras.

As pétalas entalhadas das alcachofras.

Uma por pessoa. As alcachofras são espinhos ou flores? Relógios de cronópios. Ao final, a gente come o coração, molho de alho e manteiga.

Leva vinte alcachofras.

O polvo é de outra natureza. O polvo é molhado. Ninguém nunca viu coisa mais úmida que um polvo, nem mais escorregadia. Nem mais tentacular.

Impossível, o polvo. Você vai à feira e volta para casa com um alienígena nas mãos. Um ser marítimo de contos de fadas.

Daria para um polvo gigante abraçá-la e daria ainda para com dois tentáculos pegar nos peitos, e daria para levar um tentáculo à boca para que ela chupasse, sem falar entre as pernas.

E o cozimento?

Cada um, uma receita. Panela de pressão, batata, quando a batata estiver pronta, lá está o polvo. Panela de pressão. Cebola. Coloque cravos na cebola. Pouca água, quinze minutos. Lá está o polvo. Jamais use panela de pressão. Jogue na água fervente, depois refogue. Simplesmente refogue, como se fossem lulas. No vapor. Assustado no óleo. O polvo grelhado, azeite.

A cabeça do polvo. Onde ficam os olhos do polvo? O polvo espalhado no mar, os mil braços, guelras que chupam e grudam. O polvo está sempre escapando. E os cuidados. Senão vira chiclete. Senão fica duro. Senão emborracha.

Faz um dia extraordinário.

Tomilho, alecrim, manjericão. Compra laranjas. E limões. Siciliano, galego. Lima da Pérsia. A Rose vai fazer os drinks. A Rose vem. Ninguém confirma nada. Desiste da sangria.

Na banca de peixes, as sacolas, as flores, por que tantas flores e tão grandes?

Dorothea compra mariscos. Estão frescos? De verdade?

Dúvidas de mariscos sobre o balcão. As conchas fechadas. Vamos ver se abrem.

Se não abrir, já era.

Ali, em meio à barraca de peixes, Dorothea fecha os olhos e imagina polvos gigantes em mares de açafrão.

Onze horas. Sofá. A feira inteira sobre a mesa. O supermercado de sábado. Vinhos. Pão. Guardanapos.

Esqueceu o papel higiênico, mas ela não sabe.

Talvez possa dormir um pouco. Tirar um cochilo. Há anos não dorme. Sofá. As compras sobre a mesa.

Deixa-se dormir, só um pouquinho.

Sonha com o fundo do mar.

Tantos peixes.

Águaçafrão.

É lindo o fundo do mar no dia do casamento da lula com o polvo. O mar enfeitado de corais, vermelho, amarelo, flores retorcidas, esponja, espinho, peixes, pérolas, conchas, a terra escarlate. O sal da terra.

Dorothea perde o ar.

O casamento, o casamento da lula com o polvo no maraçafrão, o vestido dos mil peixinhos e as aranhas do mar, as melhores tecelãs, e todas as estrelas e o Doutor Caramujo, Dorothea sempre quis consultar o Doutor Caramujo, mas

as carnes.

Como faz para o porco viver no mar, e não é possível, e ainda os pássaros, os pássaros de asas molhadas ficam pesados não voam, sem contar o petróleo

algum navio cargueiro estourado, e as asas das garças são ternos apertados de tecido grosso pesado, o mar inteiro preto e Dorothea se afoga e pensa

meu cabelo, nunca mais vou conseguir tirar o petróleo do meu cabelo, e o açafrão,

quanto vale o petróleo o açafrão, o petróleo não mistura cheira mal pegajoso não dá para respirar e todos se afogando no mar negro e olha a lula chorando.

O casamento vira noite inteira gosma gasolina e os mariscos que antes cantavam fecham-se para nunca mais.

Campainha.

Dorothea acorda assustada, o sonho fresco atrás dos olhos, as compras, as flores, os peixes em cima da mesa.

Enquanto levanta-se para abrir a porta, já é meio-dia, quem chega tão cedo, lembra-se da receita de polvo da mãe da Andrea, escrita em caligrafia bonita, em caderno de receita

herdado. Onde estão os cadernos de receitas?

A receita de polvo começa assim: retire o núcleo psicótico do polvo. Onde fica o núcleo psicótico do polvo? Pensa tanto que esquece. Como é a receita do polvo mesmo?

Dá sete passos até a porta. Ar de sonho, descabelada, queimada do sol da feira. O Juca veio cedo, mais cedo, bem cedo, com a criança, o filho pequeno. Dorothea não acredita.

Precisa tomar banho, pentear-se, secar-se, cuidar do corpo, da cara, do cabelo, quem sabe amarrá-lo em arranjo de pano.

O Juca ri. Não se assuste tanto, Dorothea, eu vim te ajudar. Vamos lá, por onde começo? Eu vou tomar banho, Dorothea vai tomar banho enquanto Juca guarda os peixes, olha esses mariscos aqui, fora da geladeira, que perigo, Dorô.

No banheiro, mede: havia um último metro do último rolo de papel higiênico.

Ceviche.

O Juca tenta acertar. Mas é difícil, é muito difícil para ele. Por isso ela nunca o namora. Pode esquecer, Juca. Mas o Juca não esquece. Traz peixes, mais peixes, e as alcachofras, e Juca, ainda tem o pudim de berinjelas.

Esquece o pudim de berinjelas.

Vai tomar banho, assustada. É domingo, o dia do almoço, o dia do almoço, o tomilho, o cardápio, mediterrâneo, berinjelas e paella, o ceviche exige toda uma nova configuração, Dorô, queria pedir que ele não a chamasse mais de Dorô, o nome dela tinha quatro sílabas, quatro. O agá compensa o i. É mais bonito, mais aberto. A mãe que dizia. Nome de estrela. Dorothea ainda não é uma estrela. Mas talvez seja, um dia, se bem que ia ficando velha e estrela velha já não é a mesma coisa, o glamour, a capa da revista. Estrela velha é talentosa, Dorothea quer ser linda.

Vinte alcachofras sobre a mesa.

A campainha, telefone, é a Andrea, compras na mão, e todos resolveram fazer compras hoje? Andrea chega com tomates abacates doritos.

Guacamole.

Traz papel higiênico também, não há o que duvidar da Andrea. As alcachofras. Ceviche.

Ninguém sai até que toda a comida tenha acabado, pensa Dorothea. Adora salada de abacates. A gente faz um corte em cruz, deixa na água fervente por um minuto, e retira a pele dos tomates. A pele se abre em flor, pétalas de flor, mas também não combina. A guacamole, os pistilos de açafrão.

Vamos beber.

O Enrique traz champanhe rosê. Sentam no chão, a conversa jogada fora em passos leves de amigos. A Paula, o Christian, a Michele. A Lauren, o filho francês. As berinjelas em mar de tomilho, manjericão, o alecrim. A panela alta, as alcachofras todas. Demora um tempo, as alcachofras pedem tempo. Tem que despetalar ao toque. E os copos. Qual copo de quem. A Ana Paula chega de Portugal. E traz presunto cru. A Mô traz um vinho.

Quem inventou de ouvir boleros tristes?

A Lauren vai fazer o café. Ninguém faz café como a Lauren, o café sai quente fervendo e não amarga, a Nina sempre quer café. A Ana Luiza traz rum cubano. A Cris vai passar depois com o bolo de morango e chocolate. A Elisa manda mensagem, para saber se ainda tem comida e festa, tá vindo, vem. A Fabíola está em Campinas, a Nina, em Berlim. A Anna traz papoulas moídas à mão. E tomates da Bulgária. O Djalma trouxe histórias e a Élida, poemas.

A panela de paella é redonda como a lua; grande e fina. O arroz deve queimar até que estale. As flores ficaram no vaso em cima da mesa e o computador, a música, cada um coloca o que quiser e ninguém acertava nada. Quem quis ouvir a banda de pífanos de Caruaru?

E o vaso caiu em cima do computador e molhou tudo o computador a mesa e as flores derreteram sobre a escada e no dia seguinte a vizinha xingou muito.

Os dedos lambuzados de doritos. Doritos tem cor de açafrão. E o abacate. O computador dormiu submerso em ninho de arroz.

Alcachofras.

Tantas as folhas, dava para encher um balde. E molho de manteiga, limão, alho. E o coração.

Hoje na feira eu descobri que as lulas são como beijos, contou Dorothea.

Estão à espera. O prato grande solar, os camarões em pétalas, o pimentão riscado, o arroz queimado, a linguiça, o frango, o porco, o peixe, as lulas.

As lulas são como beijos.

Aplaudem a paella. Ainda bem. Sangria para todos. Alguém corta o abacaxi enquanto secam o computador. Não tem jarra. Onde fizeram a sangria sem uma jarra? Usaram o balde de gelo.

Experimentam todas as carnes, o arroz molhado, o mar, a terra, o ar.

No fundo preto da panela, o arroz queimado crocante, desmanchado no azeite melado coraçafrão. Os homens da

Espanha. Os homens da Itália. Que sonho eu tive hoje quando voltei da feira, gente.

A linguiça salgada, a praia, outro dia vi um casal de velhos na praia, um casal que se beijava. A carne branca do camarão, levemente arisco, o camarão, a luta de boxe e lembra, quando a gente era pequeno e viajava tanto de carro e cada um. A vida. Um brinde. À vida, olhem nos olhos, está boa a paella.

Querem mexilhões.

Os mexilhões não abriram.

Dorothea, diáfana, serve-os mesmo assim:

Usem as facas.

Comem todos.

Um a um.

Os convidados na sala.

Caídos.

Só o violão respira, o vento, a janela aberta, as cordas tremem um pouco e são suspiros, as cordas do violão no ar.

O pólen do açafrão espalha pela casa, ruge no rosto pálido de cada um, pinta os lábios, a pele inteira.

As crianças parecem dormir, de boca aberta, lambuzadas de ovos e conchas.

O computador, afogado, não canta mais. Os drinks da Rose no chão. Blue moon. Sweet Luana. Lichia e berries.

Sobre os pratos, as conchas abertas, machucadas, respiram.

As flores no vaso exalam o perfume do mar.

Estão todos ali, no casamento da lula com o polvo,

em meio ao maraçafrão.

AGRADECIMENTOS

Ao Leo, meu primeiro leitor, que me ajuda tanto a dar forma e vida às palavras.

Ao grupo literário Djalma, que me acompanha no fazer de cada conto.

Ao Marcelino Freire, impulso e início.

À Élida Lima, cúmplice no polimento.

À Berta Waldman, que leu e me disse sim.

Ao Ricardo Barreto, pela apreciação tão generosa do livro.

Ao Jacó e à Gita, pela acolhida.

Ao meu avô e à Jerusa, na alegria das histórias, e conversas sobre o livro e o mundo inteiro.

Às minhas famílias, chão e céu.

Às minhas amigas, para quem escrevi este livro.

COLEÇÃO ARRANHACÉU

Arranhar o céu não é coisa pouca. Engenho e arte, espécie de invasão, não se chega nunca ao céu, mas pode-se tentar arranhá-lo. Torre da Babilônia, feito e desentendimento, *hybris* humana, asas de Ícaro. Impossibilidade e desejo, labirinto e fuga, ponte e arco no espaço. Assim é a literatura: arranha-céus na construção de mundos a cada história contada e criada, jogo de montar. Livros linhas de encontro e distância, construção no ar, alcance de espaço impossível. Esta é a coleção Arranhacéu, da editora Perspectiva: prosa contemporânea em língua portuguesa, experimento, fábula, construção e desmanche, vértice, sombra e edifício, palavras que arranham céus em novas histórias e livros.

Este livro foi impresso na cidade de Diadema,
nas oficinas da Bartira Gráfica e Editora, em março de 2018,
para a Editora Perspectiva